天下篇，逍遙遊
七星劍，葫蘆酒
你就這樣長身去了江湖
自天涯滄桑風塵回来的你
大鐘鳴鼓，琴瑟竽笙
高台厚榭，邃野之居
或人何在？或人何在？
你又帶書攜酒配劍
從眼前到天涯，一路過去

落花也有溫柔的遠志
像人走向水涯
而裘褐為衣，棺桐三寸
張目奸逼切如大火逼你躍牆
身臨絕澗如閉目飛躍
而這一躍往何處去呢
流水也有悲壯的柔情

——摘自溫瑞安《山河錄》之華年

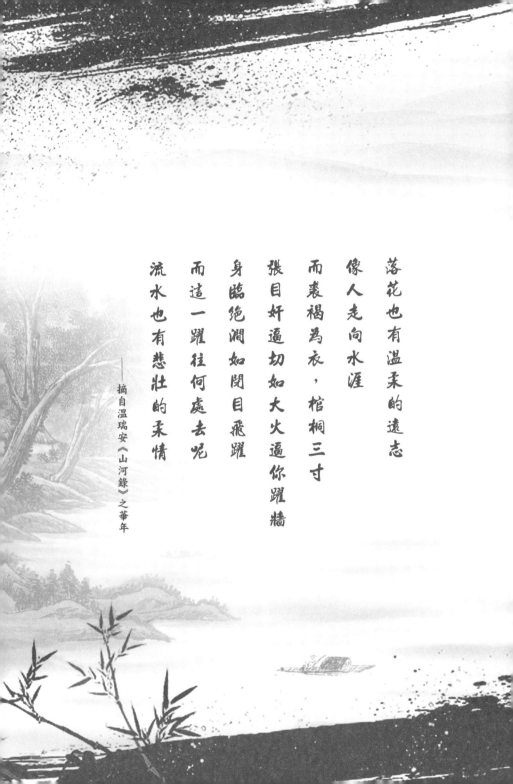

四大名捕
骷髏畫
【真相】
下
武俠經典新版
四大名捕系列
溫瑞安
著

四大名捕系列 骷髏畫 下冊

目錄

第五部

滾水無情

一　蒸魚

言有信沿路留下的暗記，只有李大人的手下看得懂，別人是完全無法得知的。

冷血也不知道。

他不是追命。

要是追命，不管看不看得懂那些記號，都一定能夠追蹤到他要追蹤的人。

星光閃閃，山腰上神廟的佛燈隱隱約約，走在幽散的林蔭裡，也不覺太暗。

冷血只覺心情黯淡。

他抹了抹額上的汗，倚著一棵棗樹，滑坐下來，在想：他究竟錯在哪裡？是不是找錯了方向？還來不來得及補救？

最重要的是：高風亮、唐肯、丁裳衣他們的遭遇會怎樣？

就在這時，一陣蹌踉的腳步聲傳來。

一個乾瘦的老頭，穿著邋遢的衣服，劇烈的咳嗽著，蹣跚的走前來。

這人一面走著一面咳嗽著，咳嗽到了無法忍受的地步，全身都痙攣了起來，扶住樹幹，大口大口的喘息著。

他雖然鯨吞著空氣，可是從他那喘息像裂木一般的聲音裡，他所吸的氣根本就進不了他的肺葉去。

冷血即刻走上前去，扶住他，頓時覺得這人雙手冰涼，衣著單薄，心中一陣惻然。

那人還是劇烈地咳嗽著，一口氣幾乎已喘不過來，隨時都要嚥氣似的，但還是用一雙眼睛，看了冷血一下。

冷血感覺到那眼神的謝意。

那人終於蹲下來嘔吐，冷血知道那人吐的是血水。

吐過之後，卻似好了一些，那人仍蹲著，好一會，急促的喘氣聲漸漸平伏了一些。

冷血一直替他揉背，並把柔緩的功力注入一些在他的體內，以圖助他恢復元氣。

那人忽然扶著棗樹站了起來，回頭笑道：「小哥兒，你真善心。」

冷血道：「應該的，——老丈去哪裡？我送你去。」星月閃照，冷血發現這「老丈」臉上雖然布滿歲月和滄桑的痕跡，但卻不如他想像中那樣的蒼老。

那人的手顫抖著，他就用抖哆的手，在冷血肩上拍了拍，道：「你去吧，每個人都有自己該做的事。」

冷血卻怕那人在路上忽然斷了氣，堅持地道：「老丈，你住的要是不遠，我可以送你一程。」

那人抹了抹唇上的血，瞇起眼睛端詳了冷血一下，笑道：「好哥兒，端的是人中龍，心地好，可惜我沒有女兒……」

冷血覺得臉上一熱，他勇奮殺敵，鍥而不捨，只求把事情做好，除了諸葛先生之外，很少聽到那末直接的讚美。

那人忽又咳嗽起來，冷血忙扶著他，那人掏出了手帕，像吐了一點什麼東西，也濺了冷血的袖子一些。

那人慌忙替他揩抹：「弄髒了你的衣服……」

冷血連忙自己揩抹，道：「沒關係。」

這時，忽有一陣急蹄奔近。

冷血一隻一隻手指的鬆開，攔在老者身前，手已按劍。

共有七匹馬，馬上是官差打扮的人，卻各擄著老太婆、女子或嬰兒，飛馬而近，馬上被擄的人，哭聲震天。

冷血怔了怔，那七匹馬在吆喝聲中就要過去。

冷血一長身，攔在路心。

馬上爲首二人，冷哼一聲，揚鞭擊去。

冷血見鞭揚手，兩人都被拖跌下馬，其中一名小女孩摔跌下來，冷血一手抄住，但另一個嬰兒卻往另一邊石上跌去。

冷血大吃一驚，瞥見老者正好一個踉蹌，接住了嬰孩，卻後力不繼而坐倒在地，老者柔聲哄嬰孩別哭。

冷血向他笑了一笑。

老者也安慰地笑笑。

這一來，官兵們紛紛下馬，拔刀吆喝：「呔！什麼人？竟敢阻擋官差辦案？」

冷血一指那號啕大哭的嬰孩，問：「他們犯的是什麼罪？」

爲首的公差怒道：「這關你屁事！」

冷血淡淡地道：「你們要是辦公事，就得說明原因，不然就別怪旁人把你們當強盜辦！」

那公差怒不可遏：「我們是奉李大人之命行事，你也敢管！」

冷血冷冷地道：「什麼李大人不李大人的，我只知道人人都是人！」

公差本待發作，但見剛才冷血露了一手，知非易惹之輩，指著那幾個被擄的人道：「他們都不納稅，我們把他家人抓去，待有錢繳稅時才來領回！」

冷血和老者對望了一眼。

老者嘀咕著問：「納稅……那稅糧不是剛繳清了嗎？……」

公差一些也沒把老者瞧在眼裡，喝道：「老不死，你懂個屁！上次交的稅銀，全給神威鏢局的人搶了，只好再補繳！」

老者喃喃道：「稅銀給人搶了，你們去追那搶的人呀，再迫害這些良民，又有何用？」

公差再也忍耐不住，一腳就往老者蹴去。

冷血一手抄住他的腳。

那公差殺豬般地號叫起來，冷血的手直如鋼箍一般，那公差左扭右撐，用刀力砍，也全無用處，冷血只是在攻擊到了眼前時才微微一閃，對方連他衣袂也沒碰著，但他依然抓住公差的腿不放。

另外幾名公人紛紛揮刀來砍。

冷血並沒有拔劍，戰鬥卻很快地結束。

那一個先攻到，那一個便先跌地呻吟，待倒下了四人，另外二人都嚇傻了，誰也不敢再逼近半步。

那被抓著腿的公差早已痛脫了力，嘴裡只會哀告地叫道：「好漢……饒命……饒命……」

冷血陡地鬆手，瞪住那幾名心驚膽戰的公差，道：「以後你們欺壓良民的時候，最好多想一想，你們求人饒命時候的心情。」

那些公差馬上忙不迭地道：「是，是。」

冷血心裡暗嘆了一口氣，他知道這些人是不會把他的話記得多久的，但他也不能就此殺了他們，終於放了手，叱了一聲：「滾！」

那些公差連忙拾回地上的兵器，也不敢再動那些老弱婦孺，一個公差苦著臉道：「大俠，您這一放，我們，叫我們，怎麼回去交差啊？」

冷血知道有些嚴厲的官員動輒便爲小事把手下處罪，便道：「我姓冷，原名冷凌棄，你們回去照稟，有事盡找我好了。」

這些公差孤陋寡聞，也不知「冷凌棄」就是「天下四大名捕」中之「冷血」，心裡記牢了這個名字，只求回去交差，慌忙走個一空。

那些被救的人都來拜謝，冷血心知這只是解他們一時之危，揮手道：「你們還是互相扶助，回去籌錢繳餉，不然，麻煩可沒了呢！」覺得荒山寂寂，這些老弱貧寒都似該送他們回去較安全，但又擔心高風亮等人之安危，一時拿不定主意。

老者忽道：「這些人，我送他們回去好了。」

冷血想了想：這老者也罹重病在身，萬一路上復發，也不好料理，真能照顧他人？正待說話，老者忽笑道：「冷少俠在找的兩男一女，被兩個容貌相近的人押走是不是？」

冷血一震，心中驚訝，一時無以形容。

老者咳了兩聲，道：「只怕你追錯路向了，他們是往回走，大概會抄過『小滾水』右側。現在追去，還不一定追到。」

冷血奇道：「老丈……你是怎麼知道的？」

老者笑道：「我的鼻子靈似狗，嗅出來的。」說罷，抱起嬰孩，牽著一個小孩子的手，向其他的人道：「這就啓程囉！」

冷血望去，只見老者背影傴僂，咳聲還不斷的傳來，帶著老弱數名，往前行去，月亮把他們的影子拖得長長的。

星光依然閃亮。

寂寞的星光。

◇◇◇

蟠龍般的水光。

熊熊的火焰。

鄉民衝近茅屋。

他們是聽到女人的叫聲，附近的人家過來偷看，發現格鬥，以為來了強盜，於是糾合這一帶的鄉丁，持火炬前來剿匪。

他們吶喊著，揮舞著鋤頭農具，要衝進來抓強盜。

但只不過頃刻間，七、八人被打倒在地，呻吟不已，言有義一腳踩斷地上的傷者幾條肋骨，走到門口，迎著火光亮身，趾高氣揚地道：「你們幹什麼？」

一個老里長問了回去：「你們要幹什麼？」

言有義猝地暴笑起來：「我們是城裡的官差，來這裡抓人！」

眾皆騷然。

言有信暗裡扯扯言有義的衣袖，他們殺人強姦，在這種情形下亮出公人的身份，萬一傳出去會惹麻煩。

言有義點點頭，他也自知失言。

里長說：「不可能的，阿來和阿來嫂都是好人，決不會做犯法的事！」

言有義冷哼道：「好人？你們憑什麼分辨哪個是好人，哪個是壞人？」

只聽一個農人大呼道：「我剛才看到這兩個賊子殺死阿來哥，姦污阿來嫂！」

另一個胖子義憤填膺地道：「屋裡還有幾個人，給他們抓著，還有阿來的孩子，全在屋裡！他們還殺了好多好多的人！」

一個彪形漢子怒叱：「喂，快把人放出來！」

言有義眼珠變綠，怒道：「你們再不走，是逼我把你們這些村夫愚婦一個個殺光？」

那些鄉民一聲吶喊，個個勇猛，拿著農具猛攻，可惜大都不諳武功，三兩下手腳被言氏打倒，還殺了三人。

鄉民只有往後退。

言有義掠出去，又殺了兩人，其中那胖子和彪形大漢趁亂偷掩入屋裡，大漢抱走了小弟弟，胖子想解開丁裳衣等三人身上的束縛，但他既不會解穴之法、也不懂得如何解除那葫蘆的無形禁制，一時為之急煞。

丁裳衣卻示意他湊過耳去，迅速地講了幾句話，這胖子才點了點頭，言有信已掠了過來，一腳把胖子踢翻，正待下毒手，丁裳衣叫了一聲：「言大哥。」

言有信一怔，問：「什麼事？」

丁裳衣道：「他們又不會武功，不礙著你們，少殺些人吧。」

言有信躊躇了一下，胖子已趁機翻窗出去，其餘的鄉民傷的傷、死的死、逃跑的逃跑，只剩下一地的農具和火把。

言有義過去一一把火頭踩熄，狠狠地罵道：「真是一干自尋死路的蠢人！」

言有信道：「殺了那麼多人，還是離開這兒罷。」

言有義瞪眼道：「離開？老子睡沒睡夠，樂沒樂夠，他們能怎樣？以我們的身份，還怕他們報官麼？」

言有信道：「怕是不怕，但是少惹麻煩的好。」

言有義想了片刻，道：「還有兩個更次就天亮了，總要等太陽升起來才走的好，不然，這兒『小滾水』到處冒著泥泡，一腳踹下去總不好收拾。」

言有信無可無不可地道：「那也好。」

言有義忽想起什麼似的道：「人質呢？有沒有跑掉？」

言有信笑道：「人質倒沒閃失，那小孩子倒溜了一個。」

言有義即問：「男的還是女的？」

言有信道：「是小弟弟。」

言有義笑道：「還好，那女孩留著給我享用。」

言有信也不禁皺了皺眉頭：「老二，那女孩子還小，我看——」

言有義哈哈笑道：「怎麼老大憐香惜玉起來了？你放心，那個丁裳衣、藍牡丹我不碰就是了。」

言有信聽他提起丁裳衣，臉色變了一變，言有義逕自走進去，一面笑得鬼鬼地說：「我勸你呀，人不風流枉少年。咱們年紀也不算小了，得行樂時且行樂，不然人兒交了給李大人，發落到大牢裡，可沒你的甜頭囉！」

言有信心裡想著的事情，忽然給言有義說了出來，臉上一陣烘熱，一時也不知答些什麼話是好，言有義詭笑著拍了拍他的肩膊，神神祕祕地道：「我說老哥呀，有些事，做了神不知，鬼不覺，樂一樂嘛，對誰都沒少了一塊肉，何況她又不是……」卻見言有信沉下了臉，伸伸舌頭，便逕自走入茅屋裡。

那小女孩一夜間盡喪雙親，眼見這兩個殘忍無道的魔頭殺人橫行，真可謂歷盡驚心，淚流滿臉。

言有義覺得那小女孩子頰潤鼻挺，樣子長得甜，色心既起，飢意大盛，喝道：「喂，先把桌上的菜飯弄熱，吃完再跟妳樂！」

那小女孩只顧著哭，丁裳衣等都爲她著急。

言有義本待發作，但眼珠一轉，想了一下，笑嘿嘿地道：「算了，小姑娘，妳弄頓好菜好餚的，我們就放妳走，好不好？」

小女孩抬起頭來，晶瑩的淚珠映著清甜的臉蛋，不像村家人黝黑結實，反而清秀可喜，只是她一雙眼睛，早已哭得紅腫，誰看了都不忍心。

言有義嘿嘿笑道：「叫什麼名字呀？」

小女孩用牙齒咬著下唇，忍怒小聲道：「蒸魚。」

言有義楞了一楞，道：「蒸魚？」

小女孩點頭，又低垂著頭，前面頭髮垂下來，幾絲幾綹的遮掩了額，只露出秀巧的下頷。

言有義蹲下來望她：「名字叫蒸魚？」心裡想：這名字真怪。後來想及鄉下人老愛叫什麼阿狗阿貓、阿豬阿牛的，也不引以爲奇了。

小女孩小小聲地「嗯」了一下。

言有義用手碰碰她的下巴，笑道：「好，蒸魚就蒸魚，妳趕快去蒸條好吃的魚吧，吃完我們就走！」

蒸魚像有了一線希望，用小袖抹揩了一下淚痕，往廚房走去，言有義望著她纖巧的背影，臉上不懷好意地浮現了個無聲的笑容。

丁裳衣等都爲她著急，因爲他們都知道言有義這魔鬼的話全是騙她的。

二　阿公渡河

言有義斜睨著蒸魚的背影，邪邪地笑著，忽皺了皺眉，呻吟了一聲。

言有信道：「什麼事？」

言有義隱有痛楚之色，道：「我去房裡敷一敷藥，打坐運氣調息一下，這裡你先看著，好罷？」

言有信點頭，言有義捂著小腿急步入房。

屋裡油燈忽黯了下來，油已快燒盡了。

言有信正想去調撥燈芯，卻又不知油放在何處，忽聽丁裳衣幽幽地叫了一聲：「你來。」

言有信轉過身去，就看到丁裳衣。

燈光愈黯，丁裳衣的膚色更白，但雙頰更紅；她雪白的肌膚乃自耳沿直落脖子，由頭頸到衣衽稍微敞開的胸肌，都那麼驚心動魄的白，白得使言有信只看過一眼，就恨不得扒開她衣襟看下去。

言有信長吸一口氣，指了指自己的鼻尖。

丁裳衣嬌慵地點點頭。

言有信不點燈了，走過去，丁裳衣幽怨地白了他一眼，道：「放了我。」

言有信想想，伸出兩手指，似要解丁裳衣的穴道，倏地，運指如風，先後點了高風亮、唐肯幾個要穴，不但使他們使不出聲音，而且整個人都失去了知覺。

丁裳衣嬌叱道：「你這是什麼意思？」

言有信道：「妳不是要我放了妳嗎？」又問：「妳不是要我放了他們吧？」

丁裳衣臉色轉了轉，才露齒一笑道：「當然不是放了他們。」她的人好似粉雕玉琢磨出來的人兒，櫻唇紅似火，言有信靠近聞到了一股幽香，心中怦然，好一會才能說：「我想想，又不敢放妳了。」

丁裳衣目光流轉，問：「爲什麼？」

言有信道：「我想，萬一，我放了妳，妳就會對付我，不然，也一定會逃跑的，對不對？」

丁裳衣心中罵了一句：老狐狸！柔笑道：「傻瓜！我怎會走呢！」

言有信沉默了一會。燈光點點黯下去。在幽黯裡丁裳衣的魅力更難抗拒。

良久，他說話了，聲音出奇的低沉：「丁姑娘，其實，妳以前也見過我，只是，妳不知道罷了。」

言有信的聲音在幽光裡空空洞洞，寒風忽逕，燈光搖閃，地上幾具屍首，令人不寒而悚。「我們辰州言家，本是武林一個旺盛家族，但家父言大諾卻罵我倆兄弟天性涼薄，不授予絕頂僵屍拳，生怕我們變本加厲，反而寵信表弟言蘭，把我們逐出言家……」

丁裳衣不知道言有信講起這些是什麼意思，但知此人顛倒反覆、喜怒無常，是個可怕人物，而今肉在砧上，只好耐心聽下去。

「……我們離開言家堡後，因爲武功不濟，得罪人多，幾次被人趕到窮途末路，顛沛流浪，險死還生，所幸我們逃出來的時候，同時也偷了『絕世飛屍拳譜』，我們一面逃亡，一面互相砥礪苦練，相約總有一天，要出人頭地，報仇雪恨。」丁裳衣心中聽得冷笑，這兩兄弟居然偷了「言家堡」的祕傳拳法才離去，對本身家庭可謂已不忠在先，卻念念不忘報仇，實不能怪別人鄙薄他們的。

「……可是因爲我們結仇太多，武功未練成之前，隱姓埋名，爲了躲避仇家，便在阿公河附近擺渡，丁姑娘，妳還記得阿公河的急流嗎？」

丁裳衣怔了一怔：阿公河？似乎有這麼一個名字，但一時又想不起是幾時的事了，更想不起來發生過什麼事。她一面回想著，一面點點頭。

言有信立時顯出很高興的樣子，道：「妳記得了？那時候，我和幾個苦哈哈，在阿公河邊設竹筏，供人擺渡，那天是端午節，妳記得嗎？妳和那姓關的，還有三、四名大漢，正要過河……」

丁裳衣也記起來了。那是十年前的一個中午，自己還是小女孩的時候……那時候，那個下午，想到這裡，丁裳衣覺得自己臉上發著光，身子也發著熱……

那時候，她是一個富有之家的小女兒，還不懂江湖恩怨，世間仇殺。那時候，關飛渡率了七、八人，闖進她的家，把她劫走。她看著這個大眼睛大鼻子的粗眉大漢，心中驚駭莫名，但關飛渡見她一哭，慌了手腳，溫聲告訴她，他不是來傷害她的，只是她父親丁雪奇曾經污辱了他的娘親，並且逼死了他爹爹，使他天涯浪蕩，現在要來報仇。

丁裳衣開始覺得很恐懼，但在這個大漢柔聲勸慰下，不知怎的，像有了依憑，畏懼漸去。

她要求關飛渡不要傷害她父親，他默不作響，只對著火堆發呆。如此過去了一夜。第二天，丁雪奇派官兵圍剿，關飛渡等突圍，沒料丁家派來的高手連丁裳衣也追殺，關飛渡身受十一道傷口，和兄弟們捨命護她，才把敵人打退。

丁裳衣開始以為父親是怕她做出喪辱門風的事情，所以才要殺她，於是央求關飛渡放她回去，關飛渡卻因擔心她的安危，便不顧自身安危，夤夜帶丁裳衣回丁府，不料卻無意聽到了丁雪奇和丁夫人的對話。

原來丁夫人也是丁雪奇挾強奪來的，丁裳衣的生父藍林就是被丁雪奇所殺，藍夫人無奈，只好攜女從了丁雪奇，變成了丁夫人。

丁夫人正在哀求丁雪奇不要對丁裳衣施辣手，丁雪奇卻斤斤計較丁裳衣為賊人所擄敗壞門風，使他在官場中教人笑話。

丁裳衣再也按捺不住，大聲指斥丁雪奇的不是。丁雪奇惱羞成怒，大聲呼叫，丁府高手盡出，包圍關飛渡。

那時關飛渡的武功也並不太高，丁裳衣根本不諳武術，丁夫人想阻止丁雪奇行兇，結果爲丁雪奇錯手所殺。

這卻激起了關飛渡的怒火，居然在重重包圍中擊殺了丁雪奇，這時，幸好關飛渡的兄弟們趕至，救走了關飛渡和丁裳衣。

由於丁雪奇和官府有往來勾結，所以事情鬧得很大，公差到處追捕，丁裳衣本對關飛渡親手殺死養父一事愀然不樂，但經過一段時候相處，便很嚮往關飛渡一群「無師門」的自由自在、豪放不羈、肝膽相照、無拘無束的生活，從而想到成爲其中一份子，跟他們浪跡天涯。

開始關飛渡是不答應的，笑說丁裳衣吃不起這些無根亡命生涯的飯，但他又捨不得和丁裳衣分手，加上官方緝捕得緊，關飛渡不同意也只得同意了。

這一段日子，便成爲丁裳衣最快樂的回憶。

那天下午來到阿公河，官衙的人就在後面追，關飛渡等都不甚諳水性，他跟幾個兄弟要背水一戰，便命擺渡者背丁裳衣先過河。

那時候，爲方便行走江湖、避人耳目起見，丁裳衣於是化作男裝，用馬連坡的大草帽低低罩著額頰，誰也看不清楚她是女兒身。

阿公河秋天的時候，水流急漲，是非要用舟子擺渡不可，但到冬時水淺石露，有經驗的船伕乾脆背客人過對岸，便省事快捷得多。

因爲關飛渡等正被人追殺，船伕們都不敢過來背人，關飛渡又急又怒，一把揪起一個船伕，怒道：「你背不背？」

那船伕沒有答話。丁裳衣生怕關飛渡遷怒船伕，忙走過去用手按著關飛渡的肩膀道：「大哥，我跟你一起在這兒拚。」

那時風很大，岸上蘆葦搖得很勁急，關飛渡額上豆大的汗珠，流到髮梢上，他用手一甩，跺足道：「妳不會武功，怎能——」

那船伕忽然說：「我背她過去。」便蹲下身子。

丁裳衣是想跟關飛渡一道對敵，那船伕說：「妳先過去，他們更能集中精神應敵。」丁裳衣咬了咬唇，想想也是道理，便讓他先背過河去了。

那河水的勁急，船伕一步一步的踏穩了才往前走，甚至那後髮腳刺在她大腿內壁的感覺，她都記得……她記得更清楚的是，在她不住的回望中，遠遠看見正在跟敵人交戰的關飛渡，也是不斷的往這裡望過來，使她一面擔心，人愈往對岸走心愈留在原來的岸上，另一方面也慶幸自己幸好已離開，否則教關飛渡如何專心作戰？

在那刹間，她知道她自己是永遠屬於他的，無論離開得多遠，甚至生死都隔不斷他們。

她沒想到這十年前的事會給言有信提出來，更沒料到言有信居然就是那個背自己過河的船伕。

丁裳衣迷惘了一下，道：「是你……？」

言有信眼睛發著光：「便是我啊。妳可知道，我那時候正在躲避仇家，爲何不惜暴露身份，也要背妳過河？那是因爲……」

他眼睛裡的神采一反平日的幽森：「那天，妳用大帽子遮著臉兒，只露出小巧的下頷，說了一句話，我當著風，聞到一陣香味，從妳的袖口裡，可以看到那皓腕到玉臂，是那麼白而無瑕，我就知道，妳是個女的，妳一定是個女的……」

言有信趨前一步，丁裳衣情不自禁的向後一縮，但因穴道被封，只眼睛眨了一下，身子並沒有移動，只聽言有信夢囈般的語言道：「……丁姑娘，請妳原諒我，我在那時，就已經知曉妳是一個女的，那時候，水流很急，水濺上來，濕了妳的腿，我看到，那袍子浸濕了，妳的腿，也浸濕了，我怕我會摔倒，用力抓著妳的腿，後來，我覺不住了，用鬍子去刺妳的小腿，妳都沒有拒絕，我只覺我後頭熱呼呼的，每一步走下去，水流似熱的，我像踱入了無底深潭裡……」

丁裳衣猶記得那時的情境。她記得整條河水急流衝激著，上空的雲朵變幻著，整個天地都是移動變幻的，但她憂心怔忡，只專注在岸上的交手裡。

她也覺得裙裾濕了，可是她沒有理會；也感覺到腿上熱刺刺的，但她也無心去看上一眼。

她沒想到情形原來是這樣的。

那時候，丁裳衣剛出來流浪，還不會武功。

那時候，關飛渡開始引領他的一干兄弟才剛剛闖出了一點名堂。

那時候，言有信和言有義還沒有練成歹毒邪惡的絕世僵屍拳。

言有信跟言有義有一點有很大的分別：言有義好色淫劣，言有信也好色，不過，卻沒有做過淫惡的行爲，他對異性也有很多想像和思慕，但因爲性格的關係，並沒有化爲行動，相反的用情還相當真摯。

那天，他背丁裳衣渡河，感覺到那一雙大腿的堅實和濕熱，少女腰腹的細柔，他一步一步吃力的在跨著，但他彷彿失去了力氣，怕自己摔倒，怕自己走不過河……太陽猛烈、河水滔滔，然而只有他自己知道：他背上的是一個女子！

終於他把她背過了河，放她下來，風勁日麗，貼揚她的袍裾，映出蝦色的大腿，那沾濕了的曲線比什麼都美，河風也吹歪了她額上的草帽，現出那美麗得讓人凝住呼吸，悽楚得不過份的臉靨。

這臨岸小立使言有信完全怔住，腹中彷彿貯存了一塊燒紅的熱炭。

但她渾然不覺，只顧注視對岸的格鬥。

那時他腦中意念，千轉百轉，想不顧一切要把她擄走，可是又怕這樣做會褻瀆了她，就這樣反來覆去尋思的時候，丁裳衣忽喜溢於色，拍手招呼。

「關大哥，關大哥……」

原來對岸的格鬥已經結束。

關飛渡那邊犧牲了兩個兄弟，但把追兵全都殺退了，關飛渡正渡河而來。

言有信知道沒希望了，他自度決非關飛渡之敵。

他仍是偷窺丁裳衣那豐滿的玉頰：一個女子要是臉靨太過飽滿便不夠秀美，這對丁裳衣來說完全是例外。他偷瞥這粉砌似的人兒，以及那濕透衣服裹著的胴體，咬著牙，握著拳，切齒地想：有一天，我要得到妳；有一天，我要得到妳……

由於他這樣發狠的想著，以致令他完全忘了這件事已接近夢想。天下那麼大，人世間那麼多變化，一個人早一刻出門或遲半刻吃飯都會造成許多際遇，他實在沒有什麼機會再遇到丁裳衣，他實在也沒有什麼理由會使丁裳衣心動的。

他想著的時候，丁裳衣已倒在剛過了河的英雄：關飛渡的懷抱裡。

言有信衝動得幾乎想馬上過去狙擊關飛渡，只是他沒有這樣做。

他只默默地離開了那兒，因爲洩露了身份，他以後也再沒有在阿公河上擺渡。

直至他藝成之後，和言有義回到言家堡，製造事端、挑撥離間、從中奪權，到最後使得言家堡七零八落，他們兩人暗裡得利，再藉此身份被李鱷淚收攬，招入麾下，可謂武功好、地位高，幹下了不少令人恨得牙嘶嘶又沒奈何他們的事。

至於那「船伕」的離開，是在丁裳衣和關飛渡喜聚了一段時間之後才省起有這麼一個冒險背她過河的人，於是她問：「那位擺渡的大哥呢？」

關飛渡搖頭，他也不知道，他問旁的船家：「那個人是誰？叫什麼名字？我要好好謝他。」

船家們都說不知道。

於是丁裳衣從些微的感激，到逐漸忘了這個人的存在。

三　老大老二

言有信卻一直沒有忘掉阿公河上的背渡，他深切地迷戀上只有他自己才知背上的是個女孩子，以及肌膚相貼的感覺。

直到最近，他在一個偶然的機會裡，隨李鱷淚李大人赴菊紅院，曾見藍牡丹原來就是當年那河上風中的女子。

可是那女子一點也認不出是他。

他雖然震動，但並沒有表達出來：因爲他知道，李大人視「藍牡丹」爲禁臠，而魯大人也十分沉迷於她的美色。

以他的身份，無論是李大人還是魯大人，他都招惹不起。

然後他也得悉關飛渡落在獄中，他對這個英雄形象的人物，出奇的嫉恨，於是千方百計獻計李惘中，使得李惘中對關飛渡恨之入骨，既不能用之，只好殺之。

關飛渡既歿，丁裳衣劫獄，言有信不忍見她被捕，便假意出手，暗中示警，指使丁裳衣逃逸之路。

言有信雙眼發出極狂熱的光芒，激動地道：「丁姑娘，從阿公渡河起，我一直對妳……一直對妳……朝思暮想，念念不忘……我記得有一次，夢裡夢見妳，妳……對我很好，我一面睡一面笑著，結果笑醒了老二，老二把我搖醒……我真不願意就此醒來，因爲夢醒了，妳就要消失了，不見了，再也得不到了……所以我還是蒙著頭繼續睡下去，希望能夢回剛才那個甜夢，不過……」

他的語音充滿了懊喪：「我再也沒有夢到妳。」

丁裳衣出神了一陣，回復過來，忙道：「我不是……不是就在你的面前了嗎？」

言有信喃喃地道：「是呀，妳就在我的面前……」

丁裳衣竭力使自己鎮定下來：「我在你的面前，這不是很好嗎？」

言有信雙眼直楞楞的：「妳在我的面前，這一切都很好……不，不可能的！」

這使得連丁裳衣都急了起來：「爲什麼不可能？我不是在你的面前嗎？這是真實的呀！」

言有信掩面近乎嗚咽地道：「妳不可能會對我好的！」

丁裳衣溫婉地笑道：「我爲什麼對你不好？我不是很好的對你嗎？」

言有信徐徐把手自臉上滑下：「妳……妳會像夢裡一般待我嗎？」

丁裳衣微笑問：「我夢裡怎麼待你？」她這句話一問出來，瞥見言有信的眼色，就明白了怎麼一回事。她畢竟已不是十年前那個天真無邪的少女了，「菊紅院」裡「藍牡丹」的身份雖然只是一種掩飾，而且，關飛渡率領「無師門」子弟的行動她也不便事事參與，不過，她對男女間的事已看得很開、看得很化，也看得很淡。

她不是沒有羞赧，但隨即習以爲常，男孩子的綺夢正如小女孩的春夢，誰都可以去做夢，不分好人壞人，罪惡善良。

言有信囁嚅道：「妳真的……會像……夢裡一般待我……？」

丁裳衣點了點頭。

言有信的眼神忽然銳利了起來，掃瞄了地上的高風亮和唐肯二人，激動地道：「可是……妳一定會要我放了他們的，是不是？」

丁裳衣點首。

點頭的時候，眼珠還是望著他，以致眼珠子左、右、下三處的眼白，襯托漂亮的眼眸，很迷人。

言有信長嘆道：「可是……我不能放……不，我不能放他們！」

丁裳衣說：「油燈快熄了。」

言有信慌忙再添油燃著燈芯，燈火漸亮後，回過頭來看丁裳衣，卻被伊在漸亮燈火裡的容色驚艷住了。

丁裳衣兩條又細又彎巧的眉毛微蹙著，似在沉思什麼。

言有信情懷激動，這刹那間，他離那具朝思夢想的胴體還遠，但已感覺她身子的柔軟和熱，微汗和輕顫。

言有信一時幾無法抑遏自己內心裡強烈的慾望。

丁裳衣忽細聲的說道：「有一件事，我不知道好不好告訴你。」

言有信一時沒注意她的話：「嗯？」

丁裳衣緩緩抬起頭來，眼眸裡有一股教人心碎的幽怨：「這些年來，你在江湖上流浪，在武林中闖蕩，可曾想過，結婚養子，置產興家，安安穩穩過下輩子？」

言有信聞言一怔。他落魄江湖十數年，而今也近四十歲了，什麼刀光劍影沒見過？什麼艱苦歲月沒熬過？何曾不打算富貴榮華的過後半生，何嘗不希望能含飴弄孫的過下半輩子！他眼睛發亮，不禁握著丁裳衣的柔荑：「丁姑娘，嫁給我……」

丁裳衣微微垂首道：「你要不嫌棄我這個殘破之身……」

言有信未等她說話，已一疊聲的在說：「不嫌棄，不嫌棄，我怎會嫌棄妳呢……」他也真的是不在乎。

丁裳衣有些倦慵的倚在那邊，由於手腕支頤，袖口垂落到肘部，小臂露了出來，令人生起一種不忍的感覺，彷彿這一截藕臂不堪揉折似的，連支頤都嫌負荷過劇。

「可是……我們這樣，下半輩子，仍不能快快樂樂地活下去的——」

言有信迷惘的臉色變了變，道：「妳嫌棄我？」

丁裳衣笑了：「快解開我穴道再說。」

要是丁裳衣先說一番話哄他，言有信是不會傻到去解穴的；要是丁裳衣作威迫引誘，言有信更不會解開她的穴道。可是丁裳衣沒有那麼做。她先引動言有信的情意，然後，給他一個隱約的打擊，才直接提出這點，使得言有信相信丁裳衣這要求是很應該的，他解穴也很自然的。

不過，他只解掉丁裳衣身上的麻穴和左手的穴道，其他雙腿一臂，仍不能動彈。

言有信過去把葫蘆底部一擰，丁裳衣便感覺到身上束縛盡去，這葫蘆的妙用，竟是如此之奇！

丁裳衣只覺身上本來受縛之處，並無被繩索之類綑綁後的淤血與酸楚，心中大感驚訝，回首望見高風亮和唐肯，因被封了重穴，仍倒在地上，不省人事。

她用手撂撂髮鬢，道：「眼下有一大筆錢財，你拿到手後，我倆就可以遠走高飛了。」

言有信將信將疑地道：「妳是說——？」

丁裳衣用下頷向地上的高風亮和唐肯揚了揚，道：「那鏢銀——」

言有信喃喃地道：「難怪，難怪……」

丁裳衣側首問：「難怪什麼？」

言有信道：「難怪爲這件事，李大人那麼大驚小怪、小題大作了！原來……原來鏢銀沒有失！」

丁裳衣微微笑著，用一雙略帶倦意但極有媚意的眼斜睨著他：「想想……一百五十萬兩黃金……」

言有信喃喃地道：「一百五十萬兩黃金……」

丁裳衣紅唇噏張：「一百五十萬黃金……那夠我們吃三輩子了！」

言有信楞楞地道：「可以買許多許多幢房子，可以吃許多許多餐山珍海味，可以養許多多個孩子……」

雙眼又發出逼人的光華：「說！鏢銀在哪裡？」

丁裳衣微一噘嘴，道：「你這麼凶，枉人家對你一番心意，人家可是自願吐露給你聽的，可不是給你逼著說出來的！」

言有信這才省起自己粗暴，忙不迭地道：「丁姑娘，對不起，請妳告訴我，我起回鏢銀，馬上就和妳遠走高飛。」

丁裳衣咬著潤濕的下唇：「這……」

言有信忽問：「丁姑娘，妳是怎麼知道這件事的？」

丁裳衣一笑道：「鏢銀本就沒有失，是高局主藏爲己用罷了；我跟他們同在一夥避難，怎會不知！」

言有信自擊腦殼道：「是是是、我該死，我怎麼沒有想到……那鏢銀——？」

丁裳衣慵懶地道：「你先扶我起來。」

言有信忙扶起丁裳衣，觸手之處，十分柔軟滑膩，丁裳衣軟若無骨，馥香幽幽，言有信只覺一陣暈酡，只聽丁裳衣道：「扶我到門口，拏燈出來。」

言有信扶持丁裳衣到了門口，仗燈一照，外面黑漆漆的夜幕被燈火略推開了二、三尺的微光，丁裳衣用手一指，言有信運足目力望去，只見二十多丈外一處地方，隱隱有些亮光，夜風吹來一些濁味，像是腐葉的味道，言有信看不清楚，高舉燈火趨前去張望，一面道：「哪裡？」

丁裳衣約略退後了一小步，左肩靠著木門，支持著身子，雙眼窺準言有信腋下露出來的一個破綻。

那破綻是一個死穴。

丁裳衣的聲音卻非常鎮靜地應道：「就埋在那裡。」

言有信又湊近去瞧，腋下「攢心穴」的破綻目標更大了，一面道，「怎麼會剛巧埋在這裡？」

丁裳衣運勁於右手，注入於手指，表面若無其事地說：「爲什麼不是這裡？高局主和唐鏢頭他們在這風聲鶴唳之際，千方百計的回來青田，不是爲了掘回鏢銀又爲了什麼？」

言有信的頭伸了出去，外面風大，聲音傳回來便較微弱，但語音十分誠懇，一字一句地道：「丁姑娘，無論妳說什麼，我都相信妳，就算是死在妳手裡，我也甘心，我也願意。」

丁裳衣這時候本來正要出手，聽見這番話，心頭一震，望去只見言有信提著油燈，往前面照著，映著他的缺耳，紅得透明，襯著傴僂的背影，很是醜陋，不知怎的，反而下不了手。

這一遲疑間，言有信已緩緩轉過頭來，破綻已然消失。

丁裳衣知道自己就算在平時，也未必是此人之敵，更何況而今穴道仍大部份未解，而房裡還有個煞星言有義。

只見言有信雙目既有興奮、也有感激之色：「丁姑娘……謝謝妳，謝謝妳……這件事，我要告訴老二，我要先告訴老二才行。」

丁裳衣知道那煞星出來，只怕蒸魚那小姑娘便難逃摧殘的命運，忙道：「這件事，只有你知我知便好，何必讓他人知道，分薄一份？」

言有信聞言一震。

這一震之後，他仰首定定的望著丁裳衣，眼色逐漸森冷。

丁裳衣強笑道：「我是爲了……」

言有信搖首，道：「我什麼人都騙，但是，有義是我親弟弟，我決不騙他。」

話一說完，倏然出手！

丁裳衣只覺眼前燈火一長，已被點倒，但未失去知覺。言有信一把扶住她的腰，柔聲道：「妳不要怕，我和二弟說明白後，把黃金掘出來，咱們一起快活逍遙去。」

丁裳衣在這剎那感到前所未有的懊悔；她的一念之仁不但壞了大事，只怕還賠上了高風亮和唐肯的性命。

言有信這時揚聲叫道：「老二，你好了點沒有？」忽聽背後的聲音冷冷地道：「我在。」言有信唬了一跳，原來言有義已到了他背後五步之遙。

言有信喜道：「老二，原來神威鏢局押的稅餉，並沒有失，就埋在前面那個地方。」

言有義陰森森的眼光盯著丁裳衣，目光像刀子要在丁裳衣玉靨上剜幾個瘡疤。「妳說的是真的？」

丁裳衣只有點頭。

言有義返首望言有信：「我們……」

言有信眼光乍起異彩：「這筆金子……」

言有義作了一個手勢。這個手勢，跟殺人時候的姿勢是一樣的。言有信看了，陡地怪笑起來，言有義也怪笑起來，兩人開始是忍著笑，後來是哈哈大笑，接著是捧腹狂笑，直至兩人都笑得上氣不接下氣，互相拍著彼此的肩膀，顫抖著語音說：

「……我們……不必……再受……那鳥……奴才氣了……」

「一百五十萬兩……金子……夠我們受用……一輩子了……」

兩人都抱在一起，眼睛都笑出了淚。

言有義抱著言有信，忽道：「老大。」

言有信還在笑：「哎我的老二。」

言有義笑著說：「一百五十萬兩黃金，不是筆小數目——」

言有信又忍不住嗆笑出口：「當然不是筆小數目，看你樂糊塗了！」

言有義逕自說下去：「可惜你沒有機會享受它了。」

言有信一怔。言有義擁抱他的手忽然一收，這鋼箍一般的雙臂夾了回來，言有信不及運功相抗，就聽到自己雙臂折裂的響聲。

不止碎開兩截，而是一陣霹啪聲響，裂開好幾截，每截又裂成幾塊。

言有信嘶聲道：「你幹——」忙運功相抗，臉色通紅。

跟著下來，他的脅骨被擠斷，又一連串骨折之聲，肋骨一根根碎裂，白森森的骨頭有的自胸肌、脅下、背肌倒刺出來，大量血水，激湧而出，鮮血也自他口中泉湧而出。

言有信發出一聲如同野獸瀕死前的嘶嗥，奮力一掙，這一下掙動，言有義嘴角也湧出血來，不過，言有義一言不發，「僵屍功」全力湧向言有信。

「啪」地一響，言有信脊骨斷了。

言有信整個人失去了控制地，向後一仰，言有義雙手夾住他的左右太陽穴，用力一扭，又「格」地一聲，頸骨也擰斷了。

不過言有信也發出了瀕死一擊。

他的膝蓋撞在言有義的腹部。

言有義捂腹踣踉後退。

言有信巍巍然掙動了兩下，然而，他已失去了脊骨，頭後觸近地，而又失去了頸骨，他雙眼望到自己的腳跟，眼神和肌肉都出現了一種奇異的扭動，這扭動不能維持多久，他望了丁裳衣最後一眼之後，頭就觸了地，腳也企立不住，終於，翻倒在地。

也許他臨死前還有什麼話說，不過，他已經說不出來了。

四　小滾水

丁裳衣想驚叫，但她叫不出聲。

言有義捂腹喘息著，雙眼盯著言有信的屍體，久久喘息才能平復。

他指著言有信的屍首恐懼地道：「你是什麼東西？別以為你是我的親哥哥，就可以這樣佔便宜！偷『僵屍拳法』，是我的主意，不然你會有今天的武功？逃出言家堡，也是我的意思，要不然你早死在言家了！在言家堡裡搞得雞犬不寧，我們才有機可趁，也是我的建議，沒有我，你早就死了！但你樣樣有份……」

他愈說愈咬牙切齒，戟指罵道：「拳譜你有份，而且練得比我好！身份地位，你做哥哥的，哪一樣不比我高？名譽利益，哪一樣比我少？可是功勞是我的，卻事事要跟你分享！現在擺著一大堆黃金，你憑什麼資格跟我分著花——」

他竟跑過去一腳把言有信的屍首踹得飛了起來：「剛才你和她說話，你以為我沒聽見？你以為我沒有注意？你本來就想和她挾款私逃，你有了女人，還會有我這個弟弟？你現在不出賣我，焉知日後不殺死我？就算你不想殺我，你也必還聽這個惡毒女人的話來加害我的！先下手為強，後下手遭殃！是你逼我殺你的，你，你怨不得我！」

他又一腳對準言有信的頭顱踩下去：「聽到嗎？你死了，怨不得我！怨不得我！」只聽一陣格勒勒，頭殼已被大力踩爆，他還一腳一腳的往下踹。

言有義只覺一陣血氣翻騰，眼前金蠅直舞，言有信臨死前功力回挫及那一記膝撞，確也令他負傷不輕。

他強吸一口氣，寧定情緒，狠狠地指著丁裳衣，道：「我現在去掘金，要是有金，我回來，先跟妳快樂快樂，再跟那個小妞快活快活……要是沒有金子——」

他冷笑，走了出去。丁裳衣也冷笑。

夜風極寒，夜央前的風最冷，霧最濃。

言有義肯定丁裳衣不會騙他，原因是：他一早從李鱷淚那麼勞師動眾來料理的事已經斷定，這筆稅餉一定有問題。

——一百五十萬兩黃金，本來是拿來進貢朝廷的，現在拿來進奉自己，有誰不動心？有誰不眼紅的！

言有義覺得有些昏眩，但是，他一直堅持走過去。

他忽然覺得腳下有些滋滋的聲響。

他覺得土地很柔軟——可是土地怎會柔軟的呢？他以爲是自己受傷後的錯覺，所以又多走了幾步。

驀地他發覺雙腳被吸入泥中，已超過腳踝：——這塊地真的是泥淖一般的！

他第一個念頭是：他要以最快的速度，越過此處，到寶藏的地步！

於是他拔足出來，向前奔去！

人是往往在一個意念裡，決定了生死成敗、榮辱死亡，他才起步，就發現他奔走的方向，完全是泥沼，而且濕泥已浸至他膝蓋上了。

要是在此際他立即往回跑，那麼，以他的功力，還是會有極大的生機的。不過，在這剎那間，他不是在驚怕，而是在痛恨：那婊子竟敢騙他！也在懊悔：他竟為了一句謊話就殺了老大！更有些迷茫：究竟寶藏在不在前面？

這一遲疑就害了他的性命！

泥淖已淹至他臀部。

他狂嘯一聲，自恃藝高，以圖一拔而起。可是泥沼之處，無可著力，他一沉之際，身子猝然沉至腰際！

這下他可嚇得魂飛魄散，畢竟仍是經過翻風掀浪的武林人，立即聚起功力，全力往回路拖著泥一步步地捱過去。

卻在這時，火光點起，吶喊聲四起。

村民高舉火把，圍攏上來，用石塊、鋤犁、任何可以扔擲的東西，向他扔來。

換著平時，言有義根本不怕，可是這時，泥淖已浸至他胸際，而且還往下沉，寸步難行，他接了一部份丟來的東西，已捱了七、八下，額上頰上，都淌著血。

村民恨他歹毒，繼續扔丟東西過來，那壯漢還利用石弓，彈了一塊大石過來，言有義無法閃躲，頭上吃了一記，渾渾噩噩中，泥已浸至頭部。

他嚇得哭叫起來，嘶嘎地叫了兩聲，早被村民的怒罵聲音所掩蓋，再叫的時候，泥水已湧入他的口裡。

他嘴裡一旦脹塞了東西，下沉得更快，一下子只剩下幾綹髮絲，半晌連髮絲都消失不見了，只有一些泥水的漩渦，還有幾個小泡沫。

幾個小泡沫組合在一起，變成一個又大又髒又稠膿的泡泡，「波」的一聲，泡泡散碎了，泥淖又回復了平靜。

村民們看著泥沼，還悻悻然的咒罵著，直至有人提起：「進屋救人去囉！」大家才忽然想起似的，紛紛搶入屋裡去。

可是要解除高風亮、唐肯、丁裳衣三人身上的穴道，村民可束手無策，那村醫也一樣無計可施。

還好剩下一個丁裳衣還有知覺，她手腳雖不能動彈，但用語言指導，使村民又搥又捏的，好不容易才撞開了高風亮身上所封的穴道，高風亮一旦能起，丁裳衣和唐肯身上的禁制自然不成問題了。

丁裳衣偷偷地收起了那隻葫蘆，留下身邊近乎所有的銀兩，交給那清甜可愛的小女孩，安慰一番，又拜謝過村民，並表示這兩個惡徒有惡勢力撐腰，把屍首埋掉便算，不必報官，村民唯唯諾諾，惟望不再有這些惡客來到，當然不想再招惹麻煩。

三人別過村民，走出村落，唐肯昂首闊步，丁裳衣忙叫住他：「小心，別踩著了泥沼。」

這時天已微亮，只見有幾處地方都波波連聲，有稠泡冒上來，上面是一些鬆動和乾裂的泥塊。

唐肯道：「不怕。這地方我很熟，叫做『小滾水』，這兒一帶的人走熟了都不會誤踩進去的。」原來這一帶的火山以前曾經爆發過，現在還留存幾處仍噴著熱泥，久之積成泥塘，太陽猛烈時曬成泥田，跟三十里外的「大滾水」激噴熱泉形成一動一靜兩處奇景，只要不行夜路很少有人誤踏陷阱，就算有人不小心踩進去，只要從回頭路迅速離去便是了，合當言有義財迷心竅，命中該絕，終於逃不過這一劫。

高風亮問：「是了，丁姑娘不熟稔這兒一帶的地形，又怎會把那傢伙引入泥沼之中呢？」

丁裳衣道：「我被押進屋子裡之前，已有留意屋外的形勢，那氣泡的聲音更引起了我的注意。後來，我在那位胖子哥哥的耳畔說：你們不是這兩人的對手，趕快退出去，把屋前那處泥淖鋪上草葉，然後快躲起來，我會引他們掉進去的。沒想到那位胖子哥哥倒也機警，事情都一一辦得妥當，鋪上草葉，看去便難以察覺，才叫那喪心病狂的傢伙掉進了陷阱。」

她笑笑又道：「這件事，我心裡向關大哥祈禱過，能成事，一定是他在天之靈的保佑。」

唐肯被她的語氣所感動，隔了一會，喃喃地道：「不知道冷捕頭那兒怎樣了？」

高風亮肯定地道：「依我看，冷捕頭的武功遠遠高過聶千愁，他不會有事的。只是……」他嘆了一口氣，說道：「這兩個禽獸不如的東西這樣一搞，害了好幾條人命，這一帶的村落人家，對付村外來人和官府派來的人，只怕難免更懷敵意了。」

丁裳衣也惋嘆道：「更可憐的是阿來那一家人……」

高風亮道：「那叫蒸魚的小姑娘最可憐了……要是我還有神威鏢局在，一定把她兩姊弟帶回去撫養……」

丁裳衣道：「只怕今晚的事，蒸魚她一輩子也忘懷不了……」

他們往青田鎮的方向走去，這時天色漸明，曉風微拂，高風亮要回鏢局去跟家人告別，唐肯也要拜別父母，至於丁裳衣呢？她到青田鎮去，也爲了件心事。關飛渡有個親弟弟，就在青田鎮裡一個有名的學堂讀書，這件事極少爲人所知，她也想在浪跡天涯之前，竭盡所能的對關小趣作出安排。

而他們所提起的、所擔憂的、所憐惜的蒸魚小姑娘，在日後人世的諸多變遷中，竟然承擔了一個重要的角色，她之所以會有那麼大的改變，全因性格所致，而造成她性格轉變，主要是因為這個晚上可怕的夢魘。這是另外一個故事了。

◇◇◇

三十多里路對冷血而言，並不是一個多遙遠的距離，他本來很快就可以趕到「小滾水」。可是，他卻不熟路。

在夜晚山區，不熟悉路的人武功再高，腳程也無法快得起來。

他趕到「小滾水」的時候，天已亮了，他發覺到這小村落的人們，正在埋葬幾具屍首，其中一具，給人狠狠的踩來踢去，還恨恨的詛咒著。

這具屍首赫然是言有信！

冷血大吃一驚，他知道憑這些村民是斷斷撂不倒言氏兄弟的，忙上前去問個究竟。

他不問猶可，這些村民因昨夜之事對外來人已心生畏懼，且有敵意，見冷血腰間佩劍，前來問長問短，幾乎就要揮舞耕具，群起而攻之。

冷血如何解釋也沒有辦法，他又不想傷害這一群無辜善良的人，有人用一盆髒水當頭淋下，一面咒罵著：「你們這些吃公門飯的人，辛辛苦苦繳了錢又說要加稅，交了稅又說弄丟了，要我們重新再繳！你們當我們是人不是！我們天天到田裡山上流血流汗，掙回來半餐不得溫飽，你們拿我們的血汗錢去做什麼？打仗、殺人、建皇宮、築酒池，天天花天酒地、左擁右抱，還跑來這裡強姦民婦，殺害良民，你們是人不是！」

冷血聽得冒起了一身冷汗，沒想到公人幾曾何時開始，已在民間造成了這樣一種任意搜括的形象，痛心疾首之下竟忘了閃躲，給髒水淋個正著！

他渾不覺身上的臭味，只想到那些公人恣意肆行所造成的鄙惡形象，不知要多少人再花多少努力，才能有所更易！

冷血想拿點錢給村民，沒料那胖子喝道：「假慈悲」，拿著木棍正迎頭砸下，忽給人叱住：「胖哥，且慢，有話好說。」

冷血一看，楞住了。

來人是那襤褸老者。

老者咳嗽著，走過去，村民也不認得他，不過，老者從苗秧何時下種說到田鼠的脾性，一下子，已經和鄉民打成一片，甚是融洽。

而昨晚發生的事，也從這些不經意的對話中，探聽得一清二楚。

老者笑著謝過他們，還接受村民的饋贈一些小食品，才拉冷血離開「小滾水」。

路上，老者道：「沒想到言氏兄弟竟落得如此下場，這也善惡到頭終有報。」

冷血默然地走著。

老者道：「看來，高局主他們已經脫險，不過，仍是往青田鎮處去。」

冷血沒有說話。

老者笑道：「我可已把那些人平平安安送回家去了，你心裡用不著犯嘀咕。」

冷血陡停了下來。

老者笑指著自己：「怎麼?你不認識我了?」

冷血冷冷地望定他：「你是誰?」一個咳得行將斷氣的老人，居然送了一群弱小的人回莊後還可以跟冷血同時趕到「小滾水」，這個老人就絕對不是一個咳嗽的老人那麼簡單。

老者笑著，又咳，咳著，又嗆笑了：「你真的不認識我了。」

冷血忽然笑道：「你似乎並不老。」

老者也笑道：「我只是臉上的皺紋多了些。」

冷血自從笑過之後，整個氣氛都緩和了下來。「我本來問你是誰，可是，你也沒有問過我是誰。」

老者咳嗆道：「誰是誰並不重要，是不是?」

冷血道：「只要誰對誰是沒有惡意便夠了。」

老者停止咳嗽，瞇起眼睛，問：「你看我對你有沒有惡意？」

冷血笑道：「我們好像已經是朋友了，是不？」

老者笑，又咳嗽起來。

這時，他們已處身在官道上，忽然背後響起了急促而整齊的步伐聲。

冷血眉目一聳。同時間，他感覺到，大量整齊的步伐之外，還有兩個無聲無息的步履，已貼近背後。

冷血感覺到的同時，那兩個飄渺靈動的步履已驟分了開來。

冷血眼角瞥處，兩條人影已分一左一右，趕上了他，夾住了他。

這兩個人，一貼近冷血左肩，一貼近冷血右肩，兩人同時拔劍。

兩人錦袍下襬都有一柄鑲有明珠寶石的名貴寶劍。

冷血倏然出手，雙手按在兩人的手背上，兩人雖同時握住劍鞘，卻拔不出劍來。

但這兩人的反應也快到極點，既不吃驚，亦不叱喝，兩人彷彿心靈相通，動作一致，空著的手，同時已搭住冷血左右肩上。

這剎那間，冷血要不受制於人，只有放手，但只要一放手，這兩人就可以出劍！

冷血如果要應付這兩把劍，也只有出劍迎敵一途。

這兩人意在一招間，就逼得冷血非出劍不可！

出劍後的情形，難以猜測：——但冷血並沒有出劍。

因爲一聲斷喝，自後傳來：「住手！」

第六部

捕王、冷血、捕快

一看劍

這喝聲一起，那兩人搭在冷血肩上的手，就一齊鬆開。

冷血也收回搭在兩人劍鍔上的手。

老者像受到驚嚇，一個踉蹌，冷血下意識地用手扶住，老者卻以疾逾電光的手法各在冷血肩上一拂。

冷血微微一楞，只見那兩人已跪倒下去。

這兩人錦袍鮮衣，額角高聳，眉清目威，很是俊秀，竟都跪在地上，神情恭敬已極，簡直像是在上朝時向九五之尊跪拜一般恭謹。

冷血扶好老者，緩緩回首，只見後面道上，停著一頂轎子，轎前轎後，整齊地分列著超過八十名軍士，另外二十名錦衣侍衛。那頂轎子繡金雕紅，十分華麗。

垂簾「霍」地一聲，一陣動，一隻手伸了出來，中指上戴著龍眼大的翡翠玉戒子。

這隻手一伸出來，人人都低下了頭，彷彿多看一眼，都會褻瀆此人似的。

冷血挺起胸，昂著首，看著轎子。

轎子裡的人終於走了出來。

這是一個高大的人。

茂盛的長髯，在微風中像一把黑色的拂塵；如玉的臉色，像蘆葦在秋盡時的容顏。

這人長得像比屋宇還高，小小一頂轎子，百來個侍從，全給比下去了，但認真看去，才知道此人原來不高，只是氣勢迫人而已。

但氣勢迫人當中，這人又有一種內斂謙沖的神態。

他背後有一柄劍，劍鍔是翠玉製的，很長，身著淡綠色的袍子，看去雕在上面的花紋，像是活著會動一般。

他緩步走過來，卻一下子就到了冷血的面前，端詳了冷血一會，「啊」了一聲溫和地笑道：「冷捕頭果然功力高深。」

他這句話可謂奇怪已極。

冷血並沒有見過他，可是他一眼便認出冷血的身份，這不算奇怪，奇怪的是他不讚冷血的劍法，卻去誇讚冷血的功力。

實際上，冷血的功力也並不太好，甚至可以說是他武功上較弱的一環。

冷血微微一揖道：「李大人。」

那人一笑道：「哦？你怎麼知道我不是王大人、張大人或趙大人？」

冷血指了指他背上的劍：「雙手神劍三品官，李大人，就算我不認得你的劍，也久仰你的氣派風範。」

李鱷淚仰天大笑，道：「人說冷血冷傲堅忍，睥睨武林，如今一見，冷捕頭這張口，還勝過朝裡多少出使名吏！」

冷血忽道：「李大人，今天敢情是您心情好，出來遊山玩水？」

李鱷淚笑道：「你看我帶那麼多人，像是遊樂麼？遊玩只需像冷捕頭這樣的一、二知音，用不著跟上一班俗人。」

冷血淡淡地一笑，沒有答腔。

李鱷淚用一種長輩看年輕人的眼光看冷血道：「實不相瞞，我這次來都是爲了公事。」

按照道理，冷血應該問他是什麼事，有無效勞之處，可是冷血道：「正好我也有公事在身，就此別過。」

他轉身就走。

李鱷淚道：「冷捕頭。」

冷血止步。

李鱷淚倏然道：「我這件公事，恰好就是京城諸葛先生交給你的事。」

冷血淡淡地道：「世叔並沒有要我追逼稅銀。」

李鱷淚笑道：「冷捕頭對這件事似乎很不滿？」

冷血緩緩轉身道：「稅餉不見，應該追賊，怎麼反而要百姓多繳一次！」

那兩個年輕人都變了臉色，李鱷淚卻不引以爲忤，道：「抓賊上頭另派人去幹了，朝廷要各路稅餉抵京，用來剿滅亂黨反賊，是爲急用，我們怎能拖延！」

冷血冷冷地道：「逼人錢財的事，我可不在行。」

李鱷淚揚手制止了那兩名青年的拔劍，微笑道：「那是上命，我也不能違抗，犬子之死，冷捕頭善於捉拿兇手，可不能不管。」

冷血居然道：「令郎之死，據悉是在公門之內，濫用私刑，殘殺犯人所致，這樣的案子，我一向都沒有承辦過。」

李鱷淚笑了一下，笑聲清越，他摸摸眼眉，道：「可是……那一幅畫，聖上卻一定要諸葛先生尋回。」

冷血一震。

李鱷淚趨前一步，道：「冷捕頭想必知道那一幅骷髏畫罷？」

冷血失聲道：「就是這一幅……」

李鱷淚有點神祕地道：「就是那一幅——」然後退了開去，望定冷血。

冷血用手按在劍鍔上。他的手一握住了劍鍔，整個人才鎮定了下來，長吸一口氣，道：「這幅畫，聽說是傅丞相托交令郎編製的……」

李鱷淚接道：「可是這幅骷髏畫——當然也叫做萬壽畫——本來是要呈給聖上的，現在犬子被殺，貢畫被盜，冷捕頭豈可說不是爲此事而來！」

冷血點點頭，道：「不錯，我正是爲這件事而來的。」

李鱷淚微笑道：「魯問張已先出發，到了青田鎮，安排這件事，這次盜餉的是『神威鏢局』和『無師門』的人，越獄的是他們，拒捕的也是他們，殺人的也一樣是他們，看來『骷髏畫』也一定在他們手上……冷捕頭，咱們既然志同道合，何不同行共進？」

冷血斷然地搖首：「我這次來，爲的是畫，緝捕盜畫的人，是我的責任，至於盜畫的人是不是『神威鏢局』和『無師門』的人，我還沒查清楚，只怕……」

李鱷淚依然風度很好：「請直言。」

冷血接道：「……只怕，道不同，不相爲謀。」

這一句話下來，人人倏然色變。

李鱷淚撫髯道：「好，好一句：道不同不相爲謀……這一句話，很多人，曾對傅丞相說過，可是，而今，這些人，好像都……」說到這裡，微笑不語。

冷血冷峻地道：「諸葛先生在十年前就對傅大人說過這句話，他如今清健如昔。」

李鱷淚揚眉道：「哦？要是諸葛先生沒說這句話，恐怕，他勞苦功高，應該早已手握兵權，足可號令天下了罷？」

冷血冷笑道：「有些人，對號令天下並不像某些人那麼有興趣！」

李鱷淚笑道：「是嗎？我卻知道有些人對管閒事特別有興趣。」

他笑笑又道：「聽我的部下說，你屢次掩護『神威鏢局』和『無師門』的人，這可是勾結亂黨，死罪加一啊……不過，當然，冷捕頭忠於朝廷，別人的讒言，我聽過就忘，不會上報的，哈哈哈……」

私通亂黨，翼助叛逆，犯的是通匪大罪，冷血臉色變了變，反問道：「這案子結了麼？」

李鱷淚怔了一怔，「什麼案子？」

冷血道：「盜餉、殺人、搶畫的這一件案子，已查明了是『神威鏢局』和『無師門』的人所爲了？」

李鱷淚道：「犬子確是『無師門』的人殺的，有言氏兄弟、易映溪、聶千愁爲證，畫也同時失竊；那筆稅餉的確是『神威鏢局』的人監守自盜的，他們局裡的鏢師就可以證明此事。」

冷血不知怎的，突然想起一件事，這件事像流星自長空劃過，剛亮起便熄滅了，再追尋卻已無從。冷血卻知道這是一件很重要的事。他已沒機會再想下去，只說：「黎笑虹？」

李鱷淚似乎微有些錯愕，隨即道：「便是。這個鏢師大義滅親，勇氣可嘉，我已將之嚴密保護，任誰也不能傷害他。」

冷血哼道：「案子審判了沒有？」

李鱷淚一愕道：「這倒還沒有。」

冷血緊迫地道：「既然案子尚未定罪，那『神威鏢局』和『無師門』的人充其量只能說是嫌疑犯罷了。我協助他們只是為了要方便破案，不能說是縱犯。」

李鱷淚也冷笑道：「冷捕頭，萬一他們真要是罪犯，你知法犯法可也不輕……你知道，定他們的罪是再輕易不過的事，冷捕頭跟他們非親非故，前程遠大，犯不著為他們冒險。」

冷血道：「不過在真相未大白之前，只要一天未審判定罪，我就有責任去追查真相，弄清楚誰才是真凶，誰才是受害人。」

這一句話一下，兩人都靜了下來。

好一會，李鱷淚才大笑道：「好，好！有種！有志氣！」

然後說了一句：「你可知道，傅丞相那兒也來了幾位朋友？」

冷血淡淡地道：「有李大人在這兒坐鎮，傅丞相還用得著操心嗎？」

李鱷淚神神祕祕地笑道：「冷捕頭太看得起在下了。傅大人神機妙算，計無遺策，燭見萬里，自比我等識見高妙得多了。也許他老人家早已算出這次剿匪的事有阻撓吧，丞相大人體恤軍民，特遣身邊三名愛侍：『老、中、青』三位高手過來，披荊斬棘，摧陷廓清一番，看來，這次盜匪可謂劫運難逃了！」

冷血長吸一口氣，一個字一個字地自牙縫裡吐出來：「老、中、青？」

李鱷淚眼睛閃亮著：「老不死、中間人、青梅竹。」

冷血的手緊握劍柄：「是他們三人？」

李鱷淚人沒有笑，眼睛卻笑了，笑得滿是狡獪之意：「當然，他們三位來意只是殺叛賊、起回貢品、押送稅餉，與冷捕頭無關。」

冷血抿起了唇，使得他堅忍的五官更加倔然：「這個當然。如果是爲冷某而來，李大人和『福慧雙修』，以及這裡百來位哥兒們，已綽綽有餘了，何需煩師動眾。」

李鱷淚的黑髯在陽光下閃閃發光，道：「冷捕頭知道就好。」

冷血道：「不過，縱是爲了抓拿反賊，護送貢品、保押鏢銀，出動到『老中青』三位，也未免小題大作了罷？」

李鱷淚笑道：「這是呈給皇上的貢品，反賊膽敢竊奪，傅丞相處處爲皇上效忠，自然派高手平定。」

冷血點點頭，道：「如果沒有什麼吩咐，李大人，在下就告辭了。」

李鱷淚忽道：「冷捕頭，傳言中你有一柄天下難得之快劍，吾久欲觀之，今日得逢一見，不知可否賜下一賞？」

冷血楞了一楞，李鱷淚雖然不是他直屬上司，但官位極高，冷血如非分屬御封「天下四大名捕」之一，有免死鐵劵、生殺金牌的話，李鱷淚倒可一語格殺之。

據說冷血的武功，全在劍上。

而今李鱷淚竟提出了一個要求：要看他的劍！

如果冷血沒有劍，對方動手，他用什麼武器還擊？

如果冷血拒絕給他觀劍，那麼，敵意畢現，李鱷淚一怒之下，下令攻殺他，這局面又如何應付？

◇◇◇

冷血唰地拔出了劍。

李福、李慧身子一晃，已掠到李鱷淚身側，手按劍柄。

李鱷淚微笑依然，神色不變。

冷血托劍平舉，劍尖離李鱷淚胸膛僅及一尺，道：「請看。」

李鱷淚緩緩地、緩緩地，用兩只手指，夾住劍鋒，眼睛盯著劍勢，一眨也不眨，笑道：「這樣賞劍，未免凶險。」

冷血卻一震肘，「福慧雙修」鏘然拔劍，不料冷血把劍柄已交到李鱷淚手上，道：「李大人厚愛，請拿去觀賞便是。」

冷血這種做法，無疑是等於把劍全交到敵人手上。

這連李鱷淚臉上也變了變，李福、李慧兩人各望一眼，怔怔收回長劍。

李鱷淚拿著劍，嗤嗤在冷血身前劃了兩個劍花，只聞劍光猶在劍風之先，李鱷淚道：「好劍，好劍！」

這刹那間，也靜到了極點，只有老者慘淡的咳嗽聲。只要李鱷淚陡然出手，或一聲令下，冷血只怕就難免殺身之禍。

李鱷淚雙眼凝視著劍身，劍光映寒了他的臉，他忽將劍遞回給冷血，道：「劍看過了，好劍法！」

他不讚劍卻讚劍法，眾皆愕然。冷血接過了劍。李鱷淚一稽首，返身呼道：「啓轎！」步入轎中，整隊起駕而去。

冷血抓住劍柄的五指，因過分用力而發白。待隊伍遠去之後，他汗濕衣襟。

老者靜在那兒，李鱷淚由始至終，未曾正式望過他一眼。他站那裡，有種深沉的悲哀。冷血感覺到了，不過這悲哀之外似是有一種更深沉的遽動，冷血就不瞭解了。

轎子隊伍走了好一段路，在轎旁的「福慧雙修」還互覷看，弄不明白：——那明明是一個除此眼中釘的大好機會！

李福、李慧是李鱷淚的義子，兩人武功都由李鱷淚親身指點，李府之中，以聶千愁武功最高，但最貼心的是這李福、李慧，其次輪到言氏兄弟和易映溪。

在轎裡忽然傳出了聲音：「你們都覺得奇怪，是不是？」

李福、李慧惶惑的對望一眼，感覺到轎中人彷彿能洞透他們心中所思似的。

「我也想殺他，」轎裡的李鱷淚發出一聲嘆息，「只是，我才拿到他的劍的時候，旁邊那個癆病鬼，突然發出比劍氣還要凌厲的鋒芒！」

李福、李慧大吃一驚，沒料到那個看來毫不起眼的襤褸老者竟有那麼大的威脅性！

「我縱能一舉殺掉冷血，但是，不一定能制得住這兩人聯手；」李鱷淚彷彿很惋惜，「沒有把握的事，我總要等待時機，等到更有把握的時候才做。除非……除非是逼不得已……希望這逼不得已的日子永不要來臨。」

「其實『老中青』主要是負責取回骷髏畫，上頭派了一個人來，這個人才是四大名捕的死敵。」李鱷淚的聲音在微微顫簸的轎子裡顯得很恍惚：「這個人除了奉命殺死叛賊外，必要時，還可以把四大名捕逐一自世間消失。」

李福失聲道：「捕王？」

李慧接道：「李玄衣？」

李鱷淚道：「便是捕王李玄衣。我接到線報，李捕王已逼近這一帶……」他的聲音漸漸低沉下去，低沉得只有李福、李慧兩兄弟聽得到：

「……其實我剛才也不想動手，因爲，我帶來的人那麼多，難保沒有一個洩露出去說：冷血是我殺的，這樣，我不但要受到各方面的指責，而且，還會引起諸葛先生對丞相大人起疑心，預早防範，這叫小不忍大謀則亂。」

李福也用一種很低微的聲調問：「這些人不都是忠心耿耿效忠大人的嗎？」

李慧亦用細微的語音道：「誰有異心，請大人指示出來，我倆兄弟先把他剜心剖肺！」

李鱷淚淡淡地道：「誰是臥底，我不知道，但臥底想必是有的。諸葛先生的心腹，不也一樣安排了我們的人嗎？以諸葛先生的智慧，不可能完全沒有安排的。要做這些事，可以暗的來做，三幾個人來做，不然，我們只幹掉他一個手下，卻落人口實，亂了陣仗，那就划不來了。」

以李鱷淚與「福慧雙修」的功力，說話要只他們三人聽到，那就決不會有第四人聽見；縱然有「第四人聽」，也不敢聽。

李福、李慧聽得又敬又佩，齊聲道：「是。」兩兄弟心中都同時想到：政流鬥爭洶湧翻沉，但有李大人在後面罩住、傅丞相前面指示，他們一定能官運亨通、出人頭地、平步青雲、穩操勝券的。

李鱷淚的心裡卻在尋思：那個癆病鬼是誰？那個癆病鬼到底是誰？

二 名捕與捕王

冷血和老者又走了很遠，雞啼和鵝叫摻在一起，還有犬隻汪汪地吠著，這些聲響交織起來，使人想到幽靜的村落，還有慵倦的午憩。

冷血望到遠處有一棵樹，強悍的棕色樹幹托著一大把茂盛的翠綠，卻在盈活的翠意裡，長著一叢又一叢的鮮紅花朵，好像鮮血綻在青苔上燃燒，美極了。

老者咳嗽著說：「青田鎮，快到了。」說著自衣襟裡摸出包芝麻酥，是剛才小滾水的村民送給他路上吃的，「你餓不餓？一起吃罷。」

不料才打開紙包，芝麻酥像粉末一般散倒出來，老者一時沒提防，掉了一地，老者楞了楞，用舌頭把紙包上餘剩的餅末舐了個乾淨，又吹了吹沾有粉末的手指，還頗惋惜的看著沾著星星白粉的褲管，解嘲地道：「嘿，沒想到這麵粉發得不勻，都碎散了。」

冷血淡淡地道：「不關麵粉的事。剛才您聚起功力，嚇退李鱷淚，擱在懷裡的芝麻酥，又怎抵受得住？」

老者許是因為舐餅末時嗆了喉，大聲咳嗽起來，支吾地夾著語音道：「哦？

是麼？我自己還不知道哩……」

然後像意外似的發現遠處道旁有一座茶寮，喜道：「我們過去泡杯茶再說。」

雖然是在晌午，這茶館十分冷清，人客也沒多幾個。冷血和老者坐下去後，老者就不斷地在咳嗽，冷血問那小二：「有什麼吃的？」

店小二說了幾樣，都是饃饃、烤黃豆之類，冷血於是叫：「來碟毛豆，兩個棗泥餡的自來白，一碟花生和兩碗龍鬚麵——還有沒有滷肉？」

店小二苦著臉道：「客倌，這兒一帶，哪還有肉吃？別說棗泥餡的，就算蒜泥餡的也沒有。——就吃捲切糕，將就點好罷？」

冷血忙道：「好的，好的。」店小二搭白布轉身去，冷血忙喊：「來兩碗高粱！」

店小二又苦著他一向就已愁眉不展的臉容道：「客倌，這兒哪來的高粱！」

冷血只好道：「白乾，白乾吧！」店小二這才去了。

老者一面吃力地咳嗽著，一面擠出了話：「隨便點，隨便點吃。」

後來桌子也有幾個人，一個也是愁容滿臉，一個嘴裡怨載連天，一個更慘，吊唁般的臉孔。只有一個矮子，笑嘻嘻的，一副什麼都可以的樣子，看裝束言談，都是鄉巴里人。

怨載連天的人道：「兩位敢情是外地人，不知道這裡比兵荒馬亂還悽慘，咱們這兒，納完前貢又後稅，咱們做牛做馬，也繳不完苛稅暴徵！」

那吊唁臉孔的人著急地示意說話的人道：「小心，病從口入，禍從口出。」

冷血道：「諸位放心，我不是來徵稅的公人，貴鄉的稅收，怎麼這樣厲害法？」

愁容滿臉的人彷彿臉上寫滿了「愁」字，以致說話的時候一個個「愁」字吐了出來：「在我們這兒，多養一隻雞就多一隻雞的稅，多種一棵樹就多一棵樹的稅，所以我們寧可把雞宰了，把樹砍了，可以省下重稅。」

冷血道：「你們不是已經繳了稅麼？」

怨載連天的人道：「你以爲這些稅銀容易繳麼，交不出來的有上萬的人，他們現在，不是死了，就是四肢不全，或在監牢裡等死，或者充軍墾荒去了。」

冷血勃然怒道：「那有這種事！誰執行這事的！」

那怨載連天的人哈了一聲道：「這你都不曉得麼！官府呀，當然是官府呀！」

老者喃喃地道：「這還有王法的嗎……」

愁容滿臉的人道：「這兒只有無法無天，沒有王法可言。」

老者問：「那您閣下的稅可繳出了沒有……？」

愁容滿臉的人慘笑道：「我們一家五口，一年辛勞工作所得，不過三兩銀子，而今稅收六兩，教我從哪籌去？我要交得出，也不必成天愁眉苦臉了。」

老者又問那哭喪著臉的人道：「你呢？」

哭喪著臉的無精打采的說：「我祖上三代，一塊田也沒剩下來，跟人耕作到現在，那官吏不知怎的一算，算到我有田七畝，不由分說，要我繳稅……」說到這裡，真要哭出來了，「您老說，教我打哪兒拿銀子交去？」

冷血只好安慰他，見怨載連天穿得較光鮮，便問：「您——？」

怨載連天的道：「我剛把老婆賣到外省去，交了年稅，不料又報稱稅餉叫人劫了，現在，叫我賣什麼好？」

冷血苦笑了一下，見剩下一人仍笑嘻嘻，心裡有一線希望，問：「人人都為繳稅苦，閣下倒是歡容滿面，不知——」

笑嘻嘻的人仍是笑嘻嘻，木然地望著冷血。

怨載連天的嘆道：「唉，他已經給徵稅的人逼瘋了，那能回答你！」

哭喪著臉的人道：「我們帶他吃完這餐，就任由他自生自滅了，我們也沒能力再照顧他了。」

愁容滿臉的人道：「我倒羨慕他，一家子死的死，瘋的瘋，豬也沒養一隻，連塊遮雨瓦也沒有，倒是不再怕徵稅了。」

冷血聽了，極為憤怒，這時酒菜已經上來了，酒菜淡粗，頗難入口，老者仔細而津津有味地吃著，吃到一半時，後面那四人便嘆息怨憤著離去。

冷血仰脖子一口乾盡了杯中酒，道：「天下那有這樣子的徵稅法！」

老者淡淡地道：「偏偏此際天下都是這樣子徵稅法，只是看執行者是不是變本加厲，貪得無厭罷了。」

冷血忿然道：「這樣子，怎麼不變得官逼民反！」

老者在吃著最後一塊捲切糕，並小心地掐起最末一片蔥絲，聽到這話，忽抬起眼來，眼光森寒：「你這句話要是給別人聽到，報上去可是抄家之罪！」

冷血冷笑道：「抄家就抄家，我沒有家，要就定我一個死罪！」他本來不喝酒，由於激於義憤，便喝多了，再斟時壺已乾了，揚聲便喊：「小二哥，再來瓶酒！」

小二懶洋洋地應：「大爺，小店就只有這些，再喝，也沒有了。」

冷血也沒心情吃得下，匆匆便起來付賬，老者慌忙道：「我吃的，我來付。」只見他連饅頭皮也吞個乾淨，見到有髒處便用手揩去，揩不去的也照吃不誤。

冷血道：「這餐要您賞面，算我付的。」

老者道：「不行，我付，我付。」

冷血搖手道：「這小小意思，還算什麼！」

老者正色道：「我吃的錢由我付。」

冷血這才意識到老者的堅持，楞了一楞，便道：「這，這一點小錢，怎麼算呢？」

老者一字一句地道：「我向不習慣被人請。我用勞力賺來的錢，替自己付賬，我不要人請，也不要請人。」說罷，又劇烈地咳嗆了起來。這次咳得那麼劇烈，彷彿連肺葉都要嗆出來似的。

冷血忙道：「好，你付，你付。」他加了一句：「你請我好了。」

「不，我不請你。」老者大口大口地喘著氣，說：「老實說，我請不起你。」

他自懷裡掏出了一些碎銀，算著算著，還不到一兩銀子，老者苦笑道：「實不相瞞，我的俸薪一年只有四兩銀子，只能省著用，不能亂花的。」

冷血看了於心不忍，道：「尊駕的工作，年餉這般的少，如——」

老者截斷他的話，臉上浮現了一個滿足的笑意：「我喜歡我的工作，錢，多少不是問題，何況，我已幹了三十多年，不想再轉行了。」

冷血也順著他的意思，沒有再說下去，但仍頗爲難的看著他手上的碎銀。——那五錢的賬只怕這小店還找不開來。

老者把碎銀端到鼻端細看著，彷彿捨不得，又似分辨不出，那店小二正要苦著臉說：「客倌，你給我這撮碎銀，我們還是找不開的呀——」，話未出口，卻聽喀哧一聲，老者用拇食二指一捏，真的切下一小截正好值五、六錢的銀子來，塞到他手心裡。

店小二直了眼珠，不相信他剛才看到的是真的。

冷血也喫了一驚。他知道這老者武功深不可測，但不知道對方內力竟深厚到了這個地步；那塊碎銀只有指甲般大，要用兩隻鈍指夾下小月形的一塊來，這是連冷血都無法辦到的事。這人的武功大大超出了冷血的估計。

老者再用手秤了秤，似乎對自己切得很適當，很滿意，點頭起身道：「走了。」

兩人走了出去，沿官道行著，附近人家也多了起來。沿路的溪流都有縫紉機的聲音，吱咕傳來，又有搗衣聲，咚一下咚一下的，都是人間煙火清平樂好的聲音。

忽見一家屋宇竹籬外，有幾匹官馬停著，門前有人吵鬧著。

只見一個師爺打扮的人物，手裡翻著本黃皮冊子，另一隻手持毛筆，瞇著眼湊近書頁去看，另外有兩個衙差，乾瘦的一個托著硯缽，供師爺書寫，粗壯的一個手裡握著刀柄，一手揚鞭，大聲的呼喝著：「挨千刀的，你們的稅，給是不給！」

那屋門前的老頭兒拄著杖幾乎沒跪下去，哀求道：「官差老爺，再通融通融，再通融通融吧！」在他身旁還有一男一女，是兒子媳婦。

那師爺「嘿」地一聲，好暇以整地道：「生壽老爹，你這是啥意思，你要我們通融，咱找誰通融去？這可是天子皇命交下來的差事，咱們有幾個頭，敢不依時依候做好俟砍頭？吭？」

生壽老爹皺紋摺出了老淚，哀求道：「師爺，再寬限多幾天吧。」

那扶著他的男子生得黝黑，是他的兒子，怒道：「你們講不講理，咱們只養了一口豬，卻要納一頭牛的稅，這算什麼嘛。」一老一少都用悲憤但情知無力的眼光望著來人。這時，屋裡傳來嬰兒的哭聲，那女的匆忙把手在圍裙上擦兩下，一扭腰就要轉入屋裡去。

那師爺彷彿這才發現那女人似的，用他那又瘺又瘦的身子一攔，涎笑著說：「這女人是您媳婦兒吧？」

那男子氣沖沖地道：「你要怎的？」

師爺一聳肩嗤笑道：「沒什麼怎的，」轉過頭去問生壽老爹：「要納一頭牛還是一口豬的稅，要看我手上的筆了。」

生壽老爹一聲聲地哀求：「求師爺秉直上報，秉直上報。」

師爺推了推生壽老爹，男子忙過去扶住，怒目看他，師爺冷笑說：「什麼秉直上報！誰知道你是不是在河塘底下收養七、八頭牛。」

男子橫前一步，說：「你想怎樣？」

師爺斜乜著眼，反問一句：「你媳婦兒？」

男子護在女人面前，還未說話，那粗壯的衙差一巴掌摑在男子身上，男子漲紅了臉要說理，衙差一腳把他踹倒在地。

生壽老爹叫了起來：「這，這是幹什麼呀——」

師爺冷哼道：「你兒子勾結匪黨，罪有應得，來人呀——」

兩個差役一齊呼喝一聲，師爺得意洋洋慢滋滋的說下去：「鎖他回去！」

女人和生壽老爹都一起跪了下來，兩個衙差早已不必吩咐便對地上的男子拳打腳踼，師爺歪著嘴笑道：「生壽，你老糊塗了，我王師爺有個什麼嗜好，你不是不知——」他聳了聳肩，一副事不關己的模樣，看著衙差吆喝著踼打：「有時候，保得了兒子保不了媳婦唷！」

說完這句話，王命君師爺打從心底裡竊笑：這婦人皮膚白得就似花結的水飄的，一點也沒有農婦人家粗糙，看來，他就有甜頭可嘗了……突然間，眼前來了兩個人。

這兩人毫無來由的出現，令他震了震。

年輕的問：「你是吃公門飯的？」一雙冷眼像瞧進他的骨髓裡。

王師爺隨即想起他的身份是這地方的「師爺」，壓根兒沒理由會去怕兩個陌生來客，挺一挺胸，道：「你是什麼東西？」暗底裡招招手，把一個衙差招到身邊來。

冷血道：「我也是吃公門飯的。」

師爺見衙差在側，膽壯起來，嘿地一聲乾笑道：「你也是？你吃的是我吐的，也配與我相提並論！」

冷血道：「官衙裡就是因爲你們這些人，所以才沒有當它是個除暴安良的所在。」

師爺怒道：「巴拉媽子！我是魯大人近前首席師爺，我要怎樣就怎樣，我想怎樣就怎樣，你管得著！」

冷血搖首，搖得很用力，說：「我不想殺你。」

師爺一愣，瘦子衙差上前揚著拳頭道：「你說什麼？」

另一個粗壯衙差也捨了倒在地上的男子，攏了過去。

冷血仍是搖頭：「我本不想殺你的。」一說完，瘦子衙差只見電光般寒了一寒，已閃到了師爺的眉心！

按照情形，師爺是死定了，但在一旁那毫不起眼的老者忽然一揚手。

劍光閃了三次，老者也揚了三次手。

瘦子衙差擋在中間，但冷血出劍，他完全接不下、躲不了，甚至到現在還弄不清楚到底是劍光還是電光，是刺向他還是刺向師爺？

冷血卻很清楚，要不是老者接了他三劍，師爺至少已死了九次！

冷血倏然收劍，問：「爲什麼不讓我殺他？」

老者搖搖首，彷彿他這一搖首不是獨對一個人搖的，而是對整個人情世態搖的：「他罪不致死。」

冷血冷冷地道：「這種人，欺壓了多少百姓良民，還不該死？這個人，叫王命君，就是當年背棄『白髮狂人』的兄弟之一，以致使聶千愁步入魔道，還不可殺？」

老者嘆道：「就算要處死，也得有上級命令，不然，也要依法處置，你我只是捕快，沒有資格定人生死，否則與民同罪！」

冷血眼睛一亮，沒有說話。

師爺聽出來人身份亦非同小可，既道破他的來歷，而且出手更連招架也無從，於是使出了他當師爺的看家本領，道：「兩位，不打不相識，大水衝著了龍王廟，原是自家人，不如……」

老者截道：「沒有用的，他不會受這一套的。」

師爺小心翼翼地打探道：「那位大哥是——？」

老者咳著笑道：「御封『天下四大名捕』，江湖上人稱『武林四大名捕』之一，冷凌棄，外號人稱『冷血』二字，便是他。」

師爺一聽，幾乎暈倒。

那兩個衙差因沒聽人說過，倒不覺怎麼，但見師爺臉白如紙，知其人來頭不小，忙都小心恭謹起來。

師爺在絕望之中忽想到眼前還有一個要死不活的老頭兒，剛才好像還出手救了自己，忙挽住他的衣袂，央求道：「這位大爺，煩你就說幾句好話，請這位……冷爺饒了我們一次罷……我們也只是奉公行事呀！」

老者搖首道：「強徵稅收，借勢行淫，這叫奉公行事？你犯了法，叫誰也饒不了你。」

師爺還是不死心，哀求道：「你就行行好罷……我必忘不了您的好處……」那生壽老爹見先時是他哀求，而今全報應在師爺身上，老眼望望天，覺得真有箇天老爺在賞罰人間。

冷血冷冷道：「你求他也沒用，他……不會答應你的。」

那粗壯的衙差大著膽子問了一句：「他又是誰？」

冷血一笑。「他是誰？」

「他就是你們這行的老祖先、大宗師。」他字句清晰地道：「捕中之王，『捕王』，李玄衣。」

三　第三個捕快

這回，兩個衙差臉上都出現了似哭非笑的表情。

自然，他們都聽說過他們這行有一個大行家，辦案鐵臉無私，武功高不可測，爲人勤勇守儉，落在他手裡的人，不管是殺人不眨眼的汪洋大盜，還是名震武林的江湖人物，全都是被生擒活抓，而且送到官府判決，決無人在他手上逃脫過。

要知道捕快要殺人，比要抓人容易百倍，尤其這些三山五嶽的人物，有時候在西疆抓著，送回湖南，沿途千百里，不但要防他加害、脫逃，還要應付各方面的救援者、狙擊者，更要提防犯人自絕等等，但只要是落到「捕王」李玄衣手裡的，個個都很乖乖地，被押到監牢裡等待判刑。

這一點，除了「捕王」李玄衣一人做到外，就算「四大名捕」和「捕神」，也有所不能。

那個王師爺呻吟了一聲。

他覺得今天是撞見鬼了。

他倒寧願撞見了鬼，也總比先遇見一個名捕，後遇一個捕王好。
捕王道：「要我放你，那是不可以的，但我可以給你們一個機會。」
師爺喜獲一線生機，忙問道：「謝謝李大爺，謝謝李大爺……」
捕王笑道：「我讓你們去自首。」
師爺和衙差三人臉色都變了變。捕王道：「你們都別耍賴，因為，你們要是沒有自首，那麼我遲早都抓著你們，罪加一等。」
師爺忙道：「是，是，一定自首，一定自首。」
捕王又說：「你們也別想官官相護，暗下勾結，要是刑判不公，我連那官員也一併拿下受審！」
師爺嚇得臉無人色，身子不住的在顫抖著，一個勁兒說：「是，是。」
捕王道：「還不去？」
師爺一邊後退，一邊躬身，道：「是，這就去，這就去——」與兩名衙差退了三、四十步，才牽馬躍上，王師爺因慌張過度，剛上去便咕咚一聲栽倒下來，兩個衙差慌忙扶他上馬，這才狼狽而去。
冷血笑道：「你看他們會不會去自首？」
捕王道：「我看不會。」
冷血道：「那麼，何不把他們殺了省事？」
捕王道：「我說過，我們都沒權力殺人。」

的。」

冷血道：「不殺人，剁掉一隻臂膀，割下一隻耳朵，以作懲罰，也是好

捕王道：「我們一樣無權傷人。」他笑了，拍了拍冷血的肩膀道：「你小心哦，要是給我看見你殺人、傷人，一樣有罪。」

冷血目光閃動，道：「殺十惡不赦、傷頑冥不靈之人也有罪？」

捕王嘆道：「其實罪與不罪，是在我們心中，不是世人的判決。我們奉公抓人，是爲正法，若怕麻煩、省事，抓到的一刀殺了，自己先不奉公守法，又叫人如何奉公守法？」

冷血默不言語。生壽老爹和那對男女上來拜謝，捕王李玄衣留下傷藥，教那男的敷上，然後問明路向，離開了農家。

路上，冷血忽道：「你來的目的是——？」

捕王答：「抓人。」

冷血乾脆問：「抓誰？」

捕王也直截了當地答：「抓『神威鏢局』的局主高風亮、鏢師唐肯，還有『無師門』的女匪首丁裳衣。」

冷血道：「爲什麼要抓他們？」

捕王道：「因爲『神威鏢局』的人監守自盜，『無師門』的人企圖造反！」

冷血道：「『神威鏢局』的人自劫稅餉我決不相信；『無師門』的人決不是

反賊！」

捕王停步，望定冷血，道：「就算你說的對，我也相信，但是，『神威鏢局』的唐肯的確是殺死李惘中的兇手；高風亮幪面救走官方捉拿的要犯，拒捕傷人，也是大罪；還有丁裳衣帶人劫獄，殺傷衙差數十，便沒有一樁事不觸犯法規！」

冷血有些激動地道：「可是，是誰促成他們要這樣做的？李惘中濫用私刑、活剝人皮、暗算關飛渡，才致使丁裳衣劫獄、唐肯殺之，也才使得高風亮甘冒大不韙拯救他們……如果『神威鏢局』被劫一事非他們所爲，那末，下令緝拿他們只是把他們逼上梁山，在不得已的情況下才出此下策的。」

捕王道：「要是人人都出此下策，哪來的守法平民？哪來的國泰民安？」

冷血冷笑道：「難道任由他們被人迫害，有屈不伸麼！」

捕王突然劇烈地咳嗽起來。

冷血盯著他，久久才道：「我知道了。」

捕王咳著艱辛的問：「知道什麼？」

冷血道：「這些小案件，不會把鼎鼎大名的李玄衣吸引過來的，你是傅丞相派來的！」

捕王艱難地吸著氣，彷彿一旦不著意吸氣，就會斷了氣似的：「是，我是傅丞相派來抓拿人犯的。可是，這有什麼不對？他們是犯了罪，犯了法，我就要拿他們回去就審，這是我的職責！」

冷血冷笑道：「職責？傅丞相高官厚祿，爲他賣命的人，大富大貴，殺人放火，都不算什麼！何必微言大義，說什麼克盡職守！」

捕王撫著胸，喘著氣，第一次眼光裡射出怒火：「不錯，傅丞相是朝廷顯貴，而且雄心萬丈，但我可不沾半點光，揩半滴油水，也從未爲他作過半點昧住良心的事情！」

他猛扒開衣襟，胸膛腹間，有刀痕、劍傷、掌印、暗器割切的痕跡：「我一身都是傷，這一記，是『不死老道』的『鐵骨拂』所致；這一處，是叱吒九州的金銀山用金瓜鎚擊傷的；還有這一下，是雷家高手的七柔鐵拳所傷；還有這些暗器，有唐門的、有『猛鬼廟』的……還有我的喉嚨，是因爲緝捕朝廷命官秋映瑞貪贓枉法而被他下了劇烈的孔雀膽、鶴頂紅和砒霜所毒的，但不管是誰，我都一一抓到他們，繩之於法！傅大人的富貴榮華，我從不沾上邊兒，不是沒有人給我，而是我不需要！」

他雙目發出神光，道：「我有國家俸祿，每年幾兩銀子，我夠用了，這些年來，沿路押犯人的使用，我會跟刑部算賬，除此以外，我沒有額外支出過什麼！我是公門中人，就應該克勤盡職，有什麼不對？」他怒笑道：「要是高風亮、丁裳衣、唐肯全沒犯法，就算傅大人吩咐下來，我也不會去抓他們！要是他們真是冤的，爲何怕審判？」

冷血知道他說的是實話。

除了對諸葛先生，冷血很少對人肅然起敬過，而今他對眼前的人肅然生敬。因爲他知道李玄衣說的是實話。

這一路上，李玄衣平易近人，雖內傷嚴重，嗆吭不斷，仍然執行公事，千里追捕，決不濫用職權，而他的俸祿，只那麼一點點，他要省著吃、省著用，才能應付。

可是他沒有怨言，甚至沒有亮出自己的身份，來換取許多方便。

他親眼看見李鱷淚派人在城門恭迎他，可是他原來早已孑然一身，出發追捕去了。

李鱷淚畢竟有官宦脾氣，不瞭解李玄衣的個性，擺下這麼大的排場，李玄衣卻避而不見，所以李鱷淚並不知道李玄衣早已經過了。

傅宗書沒給他高官厚祿，金銀財富，只給他操生殺大權，負重要任命，李玄衣都一一完成，無尤無怨。

連吃那麼一點點東西，李玄衣都仔細計較過，半點不欠人，十分節儉。

冷血長吸一口氣，問：「只是，你把人抓回衙門去，不管冤不冤，高風亮、丁裳衣、唐肯他們都是死定了。」

捕王蹙起眉頭，一時答不出來，只有嗆咳。這一次嗆咳，比先前都嚴重，直至咳出血爲止。

這時，天上烏雲密布，風捲雲動，眼看就下傾盆大雨。

捕王道：「要下雨了。」

忽然，前面來了一起兵馬，有的騎馬，有的奔來，揮舞木枷兵器，都是些官差。

冷血道：「這就是你放人的結果。」

轟隆一聲，一聲雷響，夾雜著捕王一聲低微的太息。冷血喉頭哽了哽，也覺得自己話太重了些。

這些來人聲勢洶洶，為首一名捕快戟指罵道：「呔！賊子！連衙府師爺都敢行劫，快束手就縛！」

捕王道：「我是——」

一個衙差叱道：「你媽的！你是個屁！抓了你回去，好過被你連累在這兒成落湯雞！」說罷跟幾名衙差衝過來就要抓人。

冷血冷笑道：「不嚇退他們，多費唇舌又有何用！」

捕王苦笑道：「也只有這個辦法了。」

說這兩句話的時候，那些衙差已經衝近了，雨點嘩啦嘩啦像小石子般湧打下來。

冷血突然躬著身子，手按劍鍔，反衝了過去！

他迎著雨迎著來人衝過去的身姿就像頭猛悍的豹子！

那些衙差驚怒之餘，都用兵器向他身上招呼！

只聽「哎呀」、「唷哎」、「哇呀」連聲，凡冷血所過之處，衙差都倒飛七、八尺，坐仆在地上，哼哼唧唧的爬不起來。

捕王輕嘆一聲道：「你出手太重了。」

冷血的身子一面衝著，一面說道：「他們刀刀都要我性命。」

捕王突然大喝一聲，這一喝，不但衙差們全都怔住，馬匹人立而起，連冷血也爲之頓住。

衙差們望去，只見那襤褸老頭身上，升起一道淡淡的煙氣，雨點打到老者頭上三尺，像隔了一層無形的網一般，落不下來，眾皆大驚，捕王「咄」地一聲，雙袖一甩，那些積貯的雨珠，像透明的暗器一般，驟然射向那班衙差！

那些衙差哪裡躲得過這般密集的暗器？有的捂眼，有的捫臉，踣地打滾，怪叫四起，狼狽四散逃去，腳下泥濘濺起老高。

冷血搖首道：「這一群人，要是真遇到戰爭，可不堪設想……他們給長官寵壞了。」

兩人並肩行到一亭子裡，望著外面蛛網般的雨線，心情都很沉重。

冷血忽瞥見涼亭角落有一炷香，沒有被雨水打熄，藍煙裊裊，冷血猜測是丁裳衣剛來過這裡走了，不知怎的心裡一種餘音裊裊伊人尚在的感覺。

捕王嘆道：「人說適逢亂世，必有妖異，你看這軍心渙散，民心乏振，像不像是天下又要亂了？」

冷血冷哼道：「李鱷淚和魯問張任由手下搜亂強劫，比賊還不如，你看這是不是叫做官逼民反！」

捕王又劇烈地咳嗽起來，鮮血染紅了袖口，好久才說得出話來：「就算天下要亂，我也……可能沒法子看見了。」

冷血聽他剛咳完，第一句話就說這個，心中掠起一絲不祥之念，道：「你的肺……」

捕王抹去唇上的血：「我沒有肺了，我的肺都爛了。」

冷血道：「你要爲國珍重，該當好好歇歇。」

捕王苦笑道：「要是天下平靖，我就算永遠歇著，也沒有懸念了。」

冷血聽了，很有些感觸，覺得諸葛先生也曾在夜雨綿綿裡，這樣太息過。又念及諸葛先生培育自己兄弟數人長大成人，授於精深武功，賦予重任，而且在金錢上讓自己十分充裕，從來不必在這方面愁慮，相比之下，眼前這個一直從雜差昇上來、從市井人物逐漸陞爲捕中之王的前輩，心中生起了莫大的敬意。

忽聽捕王道：「又有人來了。」

只見雨網略撕開，出現了一個人，手拏著一把刀，衙差打扮，一步一步的走來。

這個人走得不快，但彷彿只要他啓步，不到目的絕不停止。

這人十分年輕，雨水使得他額前鬢邊黑髮盡雨，濃眉也結黏在額前。

他拿著刀，走前來，一點也沒有懼色。

冷血從他的打扮裝束，知道這人只是衙裡的三級小捕快。捕快裡分有很多官職，像有些捕頭，權限大到可以調兵遣將，但有些小捕快，只配給大捕頭提壺送菜。當然，像冷血、李玄衣這樣的捕快，已經不止是捕快了，他們已是一種代表、一種象徵，就算是一品大官，也得讓他們幾分。

然而前來的這名捕快，權限之小，實在小得可憐，通常只能管管地痞流氓吃霸王餐不付錢，喝醉了酒鬧事，諸如此類的事情，連配刀也得要先申請，申請個十來天才發半天的刀，晚上卻又要收回。

可是這樣一個捕快，昂然走前來。

這捕快走到涼亭十步開外，停了下來，揚聲道：「兩位請了，借問一聲。」

冷血望望捕王。

捕王也看看冷血。

捕快朗聲道：「在兩個時辰之前，阻撓王師爺執行公事的，可是你們二位？」

冷血看了捕王一下，答：「不錯。」

捕快又問：「半個時辰之前，打傷十二位公差的，可是你們？」

這次捕王望了冷血一眼，答：「正是。」

「好。」那年輕捕快手拏出腰牌，亮了一亮，義正詞嚴地道：「你們阻礙公人執行任務，並且毆傷官差，我要拘捕你們。」

他大聲地道：「我是青田鎮四級備用捕快關小趣，我要逮捕你們。」

四　再見神威

雨水非常大點，還夾著寒風，青年捕快衣衫濕透，顯然感覺到有些冷，但他竭力忍耐著。

捕王和聲道：「年輕人，爲何不先進來避雨再說。」

青年捕快關小趣道：「謝了，公務在身，辦完再說。」

捕王笑道：「你既不進來，就回去吧。」

捕快說：「你們跟我一起走吧。」

捕王笑了。他倏地一伸手，已拔出冷血腰間的劍，「嗖嗖嗖」三聲銳響，劍已插回冷血腰間。他在電光火石中横削三劍，穿過香煙，但煙勢裊裊，繼續上昇，三次被切斷而不散亂。

也就是說，李玄衣的劍不帶風，而且快得超乎想像。連冷血也暗喫一驚：要是李玄衣拿來對付自己，他就不知道是否能接得下那三劍。

捕王袖手微微笑，看著青年捕快。

青年捕快臉色變了。

他只知道來抓兩個犯了法的人，本來眼見十七、八個衙役掛彩而退，他已知道來人不好對付，卻沒想到這其中一個武功竟高到了這個地步！

他道：「好劍法！」又加強地點點頭。

捕王溫和地道：「回去吧。」

捕快「嗆」地拔出銅刀，橫刀雨中，道：「你們跟我回去！」

冷血和捕王互相望望，兩個人都對這個固執青年人沒有辦法。

冷血側著身子，斜飛出來，一出手，就打飛捕快的刀！

豈料那捕快半空長身，抄住刀柄，居高臨下，刷刷刷又攻了三刀，向冷血兩肩砍到！

冷血「咦」了一聲，嗆然出劍。

冷血的劍一出手，捕快的刀呼地不知飛投入雨中那一個地方去了，但是那捕快突然不退反進，搶入劍光之中，要擒拿冷血。

冷血既不想殺他，也不願傷他，一時之間，竟奈何不了這個年輕的小捕快，如此過了四招。

冷血用劍鍔反撞，重擊在捕快腹中，捕快慘哼一聲，蹲在地上嘔吐不已。

冷血把額上濕髮撥回頭上，沉聲道：「回去吧，你不是我們對手。」

捕快咬牙撲起，拳打腳踢，一味猛攻。

冷血沒想到這人如此強狠，一面閃躲著，一面叱道：「別逼我殺你！」

「我不是你對手，但是我要抓你！」捕快絲毫不懼，全力搶攻，「我死了，還是有千千萬萬個捕快抓到你！」

冷血嘆了一口氣，喃喃道：「要是千萬個捕快都像你就好了。」他從這青年勇狠的眼色中，忽然想到當年的自己，一時收拾不下。

捕王咳著說：「關小趣，要是我們都沒犯罪，你抓我們幹什麼？」他雖然說得很微弱，但是在風雨叱喝聲中，依然一字一句的擊入捕快關小趣的耳中。

關小趣一愣，住了手，道：「傷人的不是你們嗎？」

捕王笑道：「你有腰牌，我也有。」他掏出的腰牌是金色的。

關小趣看清楚了牌上的字，自是一震，失聲道：「你是李……李……」

捕王道：「我不是李李李，而是李玄衣。」

關小趣倒失去了他剛才軒昂的神態，眸子裡有著迷惘與崇拜：「你很有名的呀！」

捕王淡淡地道：「日後，你也一樣有名；」指指冷血，「他更出名，四大名捕中的冷血，便是他。」

關小趣更是手足無措：「你……你……他……他是……我……我不知你們是……」

冷血道：「我們也只是平常人，一樣要奉公守法，不過，這件事，是王師爺觸犯法例在先，我們才出手懲戒，你有所不知而已。」

捕王笑接道：「那麼，小兄弟，可否放我們一馬？」

關小趣忙道：「可以，可以……」隨即想起了自己的身份，正色道：「坦白說，如果你們是真犯了法，我雖不是你們之敵，也只有拚死一途了。不過……你們說的話，我信得過。」

捕王、冷血相視一笑，冷血道：「待雨停了，我想煩小哥帶路，去查一宗案子。」

關小趣搔頭道：「不知道兩位要去什麼地方？」

捕王道：「到神威鏢局去。」

關小趣跳起來道：「神威鏢局？這好了，天公開眼了！」

捕王詫道：「怎麼？」

關小趣喜不自勝：「你們終於來替神威鏢局洗雪冤情了！」

捕王和冷血交換了一個詫然的眼色，捕王道：「冤情？」

關小趣喜悅地說：「對呀！神威鏢局被冤爲監守自盜，全抓去坐牢了，這怎麼不冤！」

冷血問：「你跟……神威鏢局——？」

關小趣挺著胸膛道：「生爲神威人，死爲神威鬼！我是神威人，雖然只是局裡一個小小的趟子手，但神威給予我的恩重如山，我一輩子也忘不掉！」

捕王試探地道：「那你是……自神威鏢局被查封後，才改而投入六扇門中了？」

關小趣大聲地答：「是呀！要是神威鏢局還在，我怎會離開？高局主、唐鏢頭、我爹爹他們都好冤……」說到這裡，他突然警省：「你們不是……不是來雪冤的？」

冷血舐舐乾唇，道：「我們是來……查明這件案子的。」

關小趣望向捕王。

捕王的年紀，使得他感覺比較可信一些。捕王咳了兩聲，道：「這案子……還有待查明。令尊是——？」

關小趣恍悟地跳了起來：「查明什麼？明明是冤的！欲加之罪，何患無辭！你們都是來加害神威鏢局的！」

冷血叱道：「快別這樣說！我之所以承辦這件案子，其主要原因，還是受諸葛先生委任，查明真相！諸葛先生是石鳳旋石大人的生死之交，石大人跟你們『神威鏢局』的老局主高處石有著深厚的淵源，你身爲神威人，不知道也該聽說過！」

關小趣給這一喝，怔了怔，咕噜道：「這也是，不過……」

冷血道：「什麼這也是不過！要洗雪冤情，也得有真憑實據！快帶我們去弄清楚，才能有水落石出的一日！」

關小趣瞪著大眼，忽然跪了下來，冷血慌忙扶起，關小趣執意不起，只聽他抽抽嗒嗒地說：「我投入公門，爲的不是陞官發財，只巴望有一天能藉此爲神威鏢局伸雪冤案……兩位大爺，你們是天下捕快的偶像，望你們能明察秋毫，雪冤矯枉，小的真的是感激不盡，感激不盡……」

捕王長嘆一聲道：「要是真的冤枉，我們一定會秉公處理的……」他負手望向綿密不斷的雨絲，「殺人償命，欠債還錢，誰害了他的性命，我也一定報仇……」他的眼角有晶瑩的水光，也不知是雨還是淚？

關小趣當然聽不明白他說什麼。

冷血也不明白。

他只是感覺到捕王的話裡另有含意，至於究竟是什麼含意，他已鎖進了眉心，仍解不開這個疑結。

◇◇◇

丁裳衣、唐肯、高風亮三人都化了妝。

他們三人都是慣於行走江湖的人物。丁裳衣因隨「無師門」行動，所以常要化妝成各種各式的人物；至於高風亮和唐肯，有時也因別人托保「暗鏢」，要扮作各式人等護鏢，亦習以爲常。

丁裳衣化妝成一名道姑。

高風亮扮成農夫，深笠垂得低低的。

唐肯最絕，丁裳衣的建議之下，變成了一個凸肚挺胸的農婦。

丁裳衣跟他化妝時就笑，化好妝後還忍不住吃吃地笑，唐肯一擰頭氣沖沖地道：「我不化這個妝了！」

丁裳衣笑著說：「已經化好了，怎麼又改變主意？」

唐肯一副撒賴彆氣的樣子：「妳笑人家的！」

丁裳衣聽了，又忍不住笑得前趨後仆的：「你看你，不用化妝，說話已夠像了……」

唐肯一聽，更噘起了嘴巴，丁裳衣知道不能再笑下去，拚命抿住嘴巴道：「你扮得愈像，咱們就愈安全，你氣什麼了？」

高風亮看看天色，道：「快下雨了，別鬧了，走罷，希望能在下雨前趕到鏢局。」

唐肯這才不情不願地起來，丁裳衣遞給他一方帕子，忍笑道：「披在頭上，然後在喉上打個小結，可以束住頭髮，不讓人看出你有喉核……」下面的話，都變作咭咭的低笑聲。

唐肯好像很氣的樣子，一接過巾帕，他就癡了。

其實，他心裡一點也不氣。

他身上雖穿了些粗布衣服，但裡面套著丁裳衣的內服，那件衣服是棉絲織成的，很是舒服，通常女孩子都是用來做外服裡的襯衣的，唐肯套上去，只覺得有一股女體蘭馥似的溫香，很是受用。穿上之後，唐肯不由想起剛才丁裳衣還曾穿著它，心裡就會一陣樂迷迷。

此刻再接過巾帕，圍繞在兩鬢和髮喉，更有一種幽香，唐肯開心，走每一步都像生風開花似的。

然而風雨真的急了。

他們離開涼亭之後，不久就雨下了。

雨下滂沱的時候，李玄衣和冷血才到了涼亭。

人生有時就是這樣：先一步或遲一步，往左或者往右，多看一眼或少聽一句，都會造成生命裡重大的變遷。這或許就是所謂的：緣。

◇◇◇

悽風苦雨，昔日繁榮興旺現刻門庭冷落的「神威鏢局」大門前。

高風亮一見鏢局，兩隻眼睛都紅了。

這兒不單是他的家，也是他的生命，他把一生努力都耗進去了，結果換回來的不是應得的榮譽，而是冤屈恥辱！

再見神威時，他的心在躍動，血液在奔騰，彷彿又回到當日他叱吒江湖，刀口揚威的豪情俠氣的日子裡！

唐肯也是。

神威鏢局如今長了斑剝綠苔的門檻上，他曾仆崩過一隻門牙；神威鏢局如今寂寂的屋瓦上，他曾爲了拾取一隻風箏而踩碎瓦面掉落在中堂上！還有神威鏢局門上的匾牌，有次跟小彈弓和曉心在玩捉迷藏，他躲在裡面，因尿急而他們又在下面，不能下來，所以撒下了尿，剛好滴在老局主夫人的髮髻上——那一次，他的屁股著實捱上老局主高風亮一頓打。

打了之後，高風亮覺得有些過意不去，常來逗他，他臭臉不睬他，直至小彈弓和高曉心拿著種種式式的食物來探他時，才渾忘了捱打的事，到處調皮去。

想到這裡，每幕都是當日生活的點點滴滴，卻是而今刻骨銘心的珍貴相憶，他真恨不得就此衝進去，大聲呼叫他兒時玩伴的名字。

一個人卻拉住了他們兩人。

是丁裳衣拉住了他們。

丁裳衣搖頭：「這兒太靜了。」

神威鏢局周遭，除了雨聲，連一隻垂頭喪氣的犬隻都沒有。

雨聲卻十分聒噪。

他們躲在隔一條街的牆凹處。

唐肯立刻道：「不只是鏢局靜。這幾條街都像死城，連個人影也沒有！」

丁裳衣用一雙黑白分明的眼睛凝睇著他：「既然如此，你還要去！」

唐肯昂然道：「既然全鎮都靜，不獨鏢局，有什麼好怕的！」

丁裳衣道：「難道你千辛萬苦逃獄出來，是爲了給再抓進去？」

唐肯忽然想起了獄中的非人生活，靜了一靜，問道：「妳是說：有埋伏？」

丁裳衣道：「有可能。」

唐肯冷笑道：「難道官府會把三、四條街的居民趕跑，就爲了對付我們這三幾個人？」

丁裳衣仍是凝視著他：「有什麼不能？」

唐肯覺得自己最想去的地方一直給一個人阻礙著，怒氣忽然陡昇：「這麼大雨，還會有人監視？」

丁裳衣反問：「要是你，在這個時候是加倍留意還是躲進屋裡睡大覺？」

唐肯怒道：「睡他媽的大頭鬼！我不怕，我要去，妳怕，妳留在這裡！」

丁裳衣也不惱怒，嘴撇了一撇，算是淡淡的冷笑。

高風亮忽沉聲道：「丁姑娘說得對。」

唐肯一怔，也自覺太過粗魯唐突，用眼稍偷瞥丁裳衣。丁裳衣在雨裡頰色很白，如夢一樣朦朧。

唐肯心裡忽然有一樣感覺。

他心裡有異樣的感覺。

這感覺很奇怪：——在晚來雪意森寒的時分，你在天涯浪跡間掠過某處小肆，有一爐火正在暖著一壺酒，心裡便會有那樣子的感覺；或者，早上天剛濛白連太陽都還未露面的時候，你去俯視一朵容色嬌弱的小花，迎面來了一陣霧，把你罩在其間，你手指已觸及了花瓣，但一時仍看不清楚，心裡生起了溫柔——就是那種感覺。

唐肯忽然期期艾艾起來：「丁姑娘，我……我……我剛才……」

這時三人瑟縮在牆凹處，彼此都靠得很親近。丁裳衣莞薾一笑，伸出柔荑，在雨絲裡特別白，在唐肯的束巾、高風亮的竹笠拉了一下：「小心一些。」

丁裳衣這樣做是爲了要讓他們把額上的刺青和白髮掩罩住。唐肯心裡卻深深感受到，天涯海角的浪蕩中，儘管刀光劍影、步步驚心，只要有這樣一個知心女子瞭解自己，便已幸福陶陶的了。

高風亮道：「但我們不能就這樣一輩子苦等著呀！」

丁裳衣微笑道：「不會一輩子的。」她笑笑又道：「你們不會有事的。」

高風亮見丁裳衣滿懷悠然的樣子，不禁問：「妳有辦法？」

丁裳衣抿嘴笑道：「你們兩位，明知有險，但一是爲了回家看看玩伴，一是爲了回去安排家人的事，這樣的心懷又怎會遭惡運呢！」

唐肯聽了，覺得連雨都奮奮撓撓的，用力地點頭，強烈的寬心。高風亮心裡感激丁裳衣的心意，但他暗忖：關飛渡呢？關大哥不也是行俠仗義、智勇雙全，卻不也一樣噩運難逃？

他想想卻沒有道明。一個人只要懷著善念和信心，總會好一些的，他相信。

唐肯感動地看著丁裳衣，忽然感覺到有一個景象，非常熟悉，但跟他目前有重大的關係，可是他一時又無法想起。

他竭力要追憶起來，但又無處著力。

高風亮喃喃道：「雨停了，就更不易進去了……丁姑娘，我怕因我們的事，會累了妳……」

丁裳衣笑道：「我可也不純爲了陪你們來，我也要找一個人……」

高風亮問：「妳要找的是誰？」

丁裳衣蹙了蹙眉，問：「這兒究竟有幾家鏢局？」

唐肯忽然叫起來道：「有辦法了！我有辦法了——」

五　雨打芭蕉

唐肯才叫了一聲半，已給高風亮捂住了嘴，然後皺眉厲著眼問他道：「你這樣大呼小叫，再有辦法也沒機會用了。」

好一會才把手自唐肯嘴上移開。

唐肯訕訕然地：「對……對不起，我……」

丁裳衣問：「你有辦法？」

唐肯道：「我想起來了，以前，我跟小心、小彈弓他們玩遊戲的時候，有次想躲起來幾天嚇大人一跳，所以便邀勇二叔幫忙，挖個大洞，騙說是用來避暑的，然後自己去把洞底掘開，跟後院假山的枯井洞連在一起……」他興奮地說下去：「只要我們能潛到後面的芭蕉園去，我們就能偷進鏢局後院！」

高風亮哼了一聲：「小心他們太頑皮了！勇師弟常給你們騙得團團轉，真是——」雖是責備的語氣，但抑不住奮悅之情，連聲音都稍微輕顫。

丁裳衣偏著頭問：「你是怎麼想起來的……？」

唐肯即答：「我看見妳，想起她——」忽住口不語。

其實，唐肯的確是看見丁裳衣那像薄瓷製的臉頰，那在雨絲裡的玉玉寒意教他想起來出門前的一幕：

那也是個雨天。過兩天他就要跟局主押鏢出遠門，曉心撥弄著辮子，忽問：「唐哥哥，你走後，可想我不？」

唐肯跟曉心自小玩到大，沒提防她這樣問，不涉其他，只笑道：「想，想死了。」

曉心用手一撥，嗔道：「你都還沒有走，怎知道到路上心裡還有個我。」

唐肯一怔。平時跟她玩鬧慣了，不知道女孩兒家有這樣的心思，便認真的說：「曉心，我當妳如我親妹妹，怎能不想妳。」

曉心甩開他的手，扭扭捏捏地道：「什麼哥哥妹妹，我可不是你親妹子！」

沒料這一句倒真箇傷了唐肯的心，因爲他在神威鏢局，從小熬起，到如今雖是個鏢頭，但自知卑薄，身份地位絕配不上跟局主的女兒稱兄道妹，便道：「我知道我不配，妳以後別來找我玩樂便是了。」背過身去，有點蹭蹭蹊蹊起來。

曉心急得頓足道：「哎呀，你這個人怎——？」繞到唐肯面前捧開辮子，臉頰紅撲撲的說：「我們年紀也不小了——」聲音低了下去，混在雨絲裡，迷迷不清。

唐肯不大高興地說：「是呀，年紀都大了，我不該跟妳這樣沒上沒下的。」

曉心跺了一跺腳，秀眉迅速蹙了蹙，敢情是太用力腳踝發疼：「你這人是怎麼了？人家是說，你對人家怎麼樣？」

唐肯猶如丈二金剛搔腦袋：「我對妳很好哇！」

曉心長長的睫毛在長髮微飄裡對翦著許多夢意，噘著嘴兒說：「你去跟爹說呀。」

唐肯呆了一呆，問：「說什麼啊？」

曉心怪白了他一眼：「說你心裡的話呀！」

唐肯恍然，哦聲連連的道：「就是說這件事呀——」他一副光明磊落坦蕩無邪地道，「我們像兄妹般好，妳爹早就知道了。」

曉心一時卻要恨死他了。「你這個笨驢。」她側身向著他，望著那綿綿寒寒的雨絲，瓜子心兒般的玉頰就在那時候像柔和的燈光剛透過白色的紗罩，粉粉勝雪。

唐肯看著有點朦朧：「我是笨驢，但，我……」

他攤攤手無奈地問：「妳究竟要我向局主說什麼？」

曉心幽幽嘆了口氣。她從來是個快樂無憂的小女孩，今兒忽然正正經經幽幽怨怨地嘆氣，唐肯只覺心裡一緊，又一陣茫然。

隨後曉心用尖尖秀秀的手指遙指綿密的雨絲裡那黑深的後院：「那兒有一個洞，能通到外面去，是你和我挖的——」

唐肯討好地說：「小彈弓也有份挖。」

曉心白了他一眼，又幽幽嘆了口氣。也不知怎的，唐肯覺得心裡有一股寒意。

曉心那時候說：「你要是負了心，那土裡，就埋著個我，我就埋在裡頭。」說罷就走了，只留下深深的清香，在雨夜冰寒的簷前滯留不去，唐肯這才知曉心她曾經著意打扮過。

自此後，唐肯就沒有見到曉心。有次聽到局主夫人跟成勇成二叔說：不知爲什麼曉心老是在房裡偷偷飲泣……他聽後也沒敢去找她，但心裡擾擾煩煩的，也不好受。

此刻，他因瞥見丁裳衣沁沁泛泛如白梨花般的玉頰，看到雨絲，想起曉心，便念及那洞口，這下道了出來，心下總是愀然不樂，思想起以前在掘地洞時曾掘到一具屍體，曉心不知會不會……？越發擔憂起來了。

然而他的確是因爲丁裳衣而想起高曉心，才記起那兒時挖的泥洞。

丁裳衣浸浸不語，臉上似笑非笑，也看不出是高興抑是不高興。

高風亮卻勃勃地道：「有地洞那就試試看吧。」

三人冒著雨，先後竄入後街廢園的芭蕉林裡，他們頭上都是肥綠黛色的芭蕉葉，雨點像包了絨的小鼓搥在葉上連珠似的擊著，聽去聲音都似一致，但其實每葉芭蕉的雨音都不一，有的像玻璃珠子落在布綳的鼓上，有的像雨打在皮製的舊帳篷上，有的卻像撒嬌女子的抬拳無力的捶在情人的胸膛上。大芭蕉葉和小芭蕉葉聲音不相同，泛黃的蕉葉和深黛的蕉葉聲音也有差異，芭蕉長得高矮不同，聲音也別有異差，打在蕉蕊和香蕉上更是另有韻致，仔細聽去，像一首和諧的音樂，奏出了千軍萬馬。

丁裳衣忽道：「很好聽。」

唐肯討好地：「我以前常聽的。」

丁裳衣偏首道：「跟誰聽？」

唐肯爲這問題嚇了一大跳，但看去丁裳衣脆玉似的臉，並不像有慍意。

高風亮問：「洞在哪裡？」

唐肯用手指了一指道：「在那兒。」這一指，剛好一道霹靂，天地間亮了一亮，唐肯有些錯覺以爲自己一指驚動了大地，又怕洞裡有不幸的事，打從心裡亂了出來。

可幸洞裡雖然多處坍下泥塊，但依然暢通，除了幾條翻騰的蚯蚓，連地鼠都躲進土裡。

三人從泥洞裡冒出來，就是枯井，枯井上罩著蓋子，三人攀爬上去，頂開木蓋子，赫然見到一個人，舉著柄斧頭，當頭砍下！

那個人，眼睛直瞪瞪，看著他們，就像見鬼一樣！

然而他的斧頭，就像烏雲裡的霹靂一般，厲莫能禦，勢無可擋！

高風亮是三人中武功最高者。

他也是第一個自枯井口冒出來的人。

那見到鬼似的人一斧砍下，他及時抓了井邊一口舊磚，往上一架！

「喀哧」一聲，磚裂爲二，斧繼續劈下！

高風亮左右各執裂磚一端，用力一拍，以磚口裂處分兩邊夾住斧身！

斧身被夾，分寸不下！

那見鬼般的人怒叱一聲，自腰身掏出另一記斧頭，又待砍下！

這時，唐肯已看清楚了來人，他失聲叫道：「勇二叔！」

那好像見鬼的人頓時住斧，喃喃地道：「鬼……？」

高風亮鬆了磚頭，長吁一口氣道：「我們不是鬼。勇師弟，是我。」

勇成呻吟了一聲，丟掉斧頭，眼淚簌簌的流下來，跟雨水已混在一起，抱住高風亮，緊緊地抱著，大大聲地號啕了出來！

◇◇◇

高風亮等在勇成引領下，進了廂房準備先換過濕衣才見人。一路上勇成道出他們走後的「神威鏢局」。

「你們出事後，有人怕受連累，已走了一部份；後來官府查禁，又走了一半的人。」

「這也難怪他們；」高風亮嘆道，「這飛來橫禍，誰也不想沾著。」

「不沾著也罷了。等了十數日，一些忠心的鏢師，爲生活所逼，也等不下去，都一一離去。黎鏢頭卻連絡了剩下的夥計們，弄走局裡的儲金，另外掛起了『虎威鏢局』的名號，還到處謗言，說您，說您……」

「說我什麼，」高風亮苦笑道：「他高興，都讓他說好了。」

「他說您強橫專霸，獨行獨斷，又說您好色敗行，勾結賊匪……」

高風亮憋不住了：「我是這局裡的負責人，遇事怎能不作決斷？逢場作戲，我也算略好漁色，但這樣就定一個人重罪，哼，嘿，嘿！」

「所以局裡走的走，散的散……」

「夫人呢？曉心和杏伯他們……」高風亮緊張地問他。

「他們都健在。」勇成低聲答。這一句答話，令高風亮和唐肯大爲安心。

「小彈弓呢？」唐肯問。

勇成一聲重哼：「那傢伙真不長進，此情此際，他竟跑去討公門飯吃去了。」

唐肯臉上抹過一片失望。高風亮道：「人各有志，不能相強，那也由得他。」不過，他心裡也若有所失：因他也一樣看好「小彈弓」這個孩子，並向來心存把女兒許配給他的意思。

丁裳衣忽道：「怎麼你乍見他們的時候，好像見到鬼一樣呢？」

勇成望望他們三人那張泥臉，苦笑道：「這幾天，外面盛傳你們已經……已經在牢裡被絞殺了……」一個傳說已死去的人物，突然在大雨天時分，已經是驚雲密布的院子中，一口古井裡出現，怎不把人唬了一跳。

「這些天來，黎鏢師帶了三、四個人來，大吃大喝，騷擾不堪，鰲鏢頭勸他們不聽，還遭他們殺害，另外小蜻她……」

唐肯關切地問：「小蜻她怎樣了？」小蜻是曉心相當要好的玩伴。

「……被那幾個衣冠禽獸姦污了。」勇成痛心疾首地道。

高風亮怒叱道：「禽獸！」

勇成忙噓聲道：「別響，他們還在東列將相樓中。」

高風亮怒道：「他還來做什麼？」

勇成聳聳肩道：「他來威迫夫人，把神威鏢局交給他管理，把曉心許給他，他便會替神威鏢局發揚光大——」

高風亮氣極：「他敢！」

勇成淡淡地道：「他當然敢。他一直都在做著。他還一直向嫂夫人逼問一件事物——」

高風亮仍怒沖沖的，皺眉問：「啥事物？」

勇成也有點弄不清楚的神情：「他們在找……好像是一塊布，一塊裹屍布。」

高風亮莫名其妙：「裹屍布？」

勇成道：「好像是師父遺體的裹屍布。」

勇成跟高風亮是藝出同門，他們的「師父」自然是「神威鏢局」的創辦人高處石。

高風亮奇道：「他們要那……裹屍布來做什麼？」

勇成攤攤手道：「我也不知道。不過……他們要得很急，不擇手段，大事搜掠，掘洞翻土，掀箱倒櫃的，像找不到那塊布誓不甘休似的。」

勇成問：「師父的殮布究竟有什麼祕密，致令黎笑虹和官衙的人再三逼問？」

高風亮茫然道：「我也不知道。」

丁裳衣問：「官府的人也問起這張殮布的事？」

勇成點頭道：「每次問起，都是大官，後來有個姓魯，聽說是四品官，用上了刑，但我們確實不知道，又何從答起？他倒相信我們說的不假，終於還是放了回來。」

丁裳衣又問：「怎麼外面死寂寂的沒有一個人？」

勇成道：「其實，外面常有一干人伺伏著，你們沒發現罷了。至於其他的人……」他歷盡滄桑似的一笑，「明天就是納第二次稅銀的時候了，十家倒有九家交不出來，怎麼不死寂一片，鎮民都把怨氣歸在我們失鏢的頭上來，我們一上街露面，石子箭雨似的飛來……」

高風亮長嘆了一口氣。

勇成看了他一眼，道：「黎笑虹剛才還在廳裡，對嫂夫人相逼，要她把曉心嫁給他……」

高風亮一把揪住他的衣領，嘶聲道：「你！你剛才爲什麼不早說！」

勇成既不掙扎，也不激動，高風亮緩緩放了手，道：「二師弟，你變了。」

勇成笑了一笑，也不抗辯。

「從前你是最忠心、最激昂、最衝動的，」高風亮痛心疾首地說，「你現在變得那麼漠然。」

「但我還留在這裡，沒有出賣你，」勇成淡淡地道：「你被官府追緝，後傳死訊，兄弟們個個都絕望了、走了，而我還留著，比起他們，我還是好上一些。」

高風亮垂首道：「我知道。你們跟著我，不再像以前，意氣風發，榮耀爲傲，現在……我只是個判了死刑的犯人！」

勇成突握住他的手，一字一句地道：「大師兄，這些日子來，不錯，我是看透了、失望透了，可是，我還沒有絕望透，所以，我才在這裡，等你回來，我知道，憑我一人之力，沒有什麼作用，但是，至少可令黎笑虹、魯問張他們心裡，還有些顧忌，不敢太胡作非爲！」

他的話一句一頓，但說得十分誠摯。

高風亮感動的望著他，眼眶已泛起落淚。

丁裳衣在旁輕輕地道：「該先去看看高夫人了。」

高風亮和勇成併肩搶向中堂。

唐肯的眼睛亦綻出了星光。

朋友，只有在一起才會開心，才能發光，又何苦分開、分散？

第七部

殮屍布裡的謎

一 裹屍布

黎笑虹不矮，但很胖，額角突出，下巴兜起，把他的扁鼻陷在其中，像在糕餅上揑造一個窟窿要放有顏色的甜漿，偏又不夠，所以只有一點點臘腸般的小鼻子濫竽充數。

可是一個人就算鼻子不高，得意起來，也自以爲有丈八高。

他正在趾高氣揚的在說話：

「大嫂子，妳再這樣延避，別怪我不客氣了。這地方，我不管理誰管理？我在官府裡，人面熟，這些年來，保過十幾宗大鏢，高局主那一套，我早學全了，妳交了給我當家，至少，還有幾年清福可享。」

高夫人垂淚道：「我總得要等風亮回來，交待清楚呀。」

「高風亮？」黎笑虹冷笑道：「他早就死了，妳還等他？嫁女兒妳說要等他回來，把神威鏢局這爛鍋子讓我揹上了也要等著他回來，妳這分明消遣我嘛！」

在高夫人身旁的高曉心道：「黎九叔，你這樣對我媽媽說話！你以前……都不敢這樣的！」

黎笑虹笑道：「以前？那是以前的事！那時……我還是高局主麾下一名鏢師而已，怎輪到我來說話？現在……只要妳嫁給我，妳娘便是我岳母，我待她，自然順就她的意思，妳意思怎樣？」

高曉心氣得不去答他。

在八仙桌旁有兩個蹺著腳的剽悍漢子，一個道：「老黎，用不著這般費力，一個女娃子，先來個霸王硬上弓，到頭來還不是服服貼貼跟了你！」

另一個爆笑起來，陰陰地道：「不如你老的少的都娶了，老實說，少的標緻，老的也皮光肉嫩的呢！你不要，讓給我陳磊大小通吃好了！」

堂上還有個老僕人，這時眥睚欲裂的上前吼道：「你們這班王八！嘴裡再不乾不淨，我……我——」說著衝上前去，揮拳就往那兩人打去！

高夫人叫了一聲：「杏伯——！」

這杏伯手上功夫也不弱，但人才衝了幾步，不意被黎笑虹一絆，砰地摔倒，給那兩人一陣拳打腳踢，在地上輾轉翻滾，其中一名漢子拔出子母鎖，獰笑道：「你這是找死！」就要往下扎！

高曉心失聲驚呼：「杏伯！」拔劍掠出，「叮」地架住子母鎖，不料那漢子趁機在她胸前一碰，高曉心粉臉飛紅，悻然而退，氣得劍尖不住在顫抖著。

黎笑虹叱道：「楊明華，你這算什麼？」

那漢子笑道：「怎麼？揩一揩也不捨得？」

黎笑虹怒道：「你敢！」

那楊明華邪笑道：「你別擰正經了！前幾天小螭那妞兒，你也不一樣硬上了！」

黎笑虹臉色陣紅陣白，另外一個陳磊又想去碰高夫人，高夫人不諳武功，曉心顫著劍護著，黎笑虹道：「這不同。」

陳磊笑道：「都是女人，有什麼不同？滋味是不一樣，但要嘗了才分曉呀！」

黎笑虹惱怒地道：「不行。當年我在鏢局裡，高風亮沒把我怎麼瞧得起，不過，高夫人可屢次薦舉我，這……曉心也對我關懷有加，有次我病了，她還給我捧湯換藥的……」在刀口舐血的江湖漢子，一旦得人關心照護，就算窮凶極惡，也不致全忘得一乾二淨。

陳磊跟楊明華互望一眼，攤手道：「算了，你要護著她們，我們是上頭發下來跟著你的，又能怎樣？不過，你人財兩得後，那張殮布，一定得呈上給大人才行！」

「否則……你就吃不了，兜著走！」

黎笑虹鼻尖上滾出了汗珠，向高夫人道：「高處石的殮布，妳們究竟收藏在哪裡？」

高夫人驚悸地道：「你們已開棺瞧過了，我怎麼知道！」

黎笑虹踏進一步道：「這件事非同小可，關係到我們富貴榮華，妳要是知道，還是快說出來！」

高夫人慘笑道：「我不知道，又怎麼說？」

黎笑虹瞪目道：「妳真的不知道？」

高夫人慌亂的搖頭，黎笑虹看她不像是說謊，喃喃地道：「不會的，怎會呢，我們上次開了棺，高處石只剩下一排臭骨骼，上面明明沒裹著殮布呀！」

楊明華接道：「這可糟了，那要真的高處石的屍體，早已被泥水衝掉了棺底，屍體早就腐化，就算有殮衣，也早都爛得一塌糊塗了，哪還找得到痕跡。」

陳磊問道：「什麼痕跡？」

楊明華聳肩道：「我也不清楚。上頭交待下來的意思是說，高家的那塊殮布，藏在三重密封石棺裡的，內有防腐藥物鎮住，按照道理二、三十年仍不朽蝕才是，令我們取出來，但那天經挖掘一看，石棺底裂，第一層沖去，第二層碎片，第三層裂開，裡面屍首腐爛不堪，臭氣薰天，哪還找得到殮布？至於是什麼痕跡——」他說到這裡，以徵詢的眼光望向黎笑虹。

黎笑虹鐵青臉色，道：「這是上頭交代下來的密差，我用得著跟你們說麼！」

黎笑虹這一聲喝，陳磊、楊明華兩人都忙應：「是！」心中卻十分不服，暗忖：你拿雞毛當令箭，看你到時候如果找不著這塊什麼鬼殮布，怎麼個死法！

黎笑虹心裡也很亂，知道裹屍布要是找不到，自己只怕也難免遭殃，便跟高夫人道：「高大嫂，我一直都尊重妳，才不用強，妳要是不答應，我可等不耐煩了。」

高夫人顫聲道：「可是，那張殮布，我確實不知道在哪裡啊。」她哭著說，「老爺入殮的時候，我不知道那一張白布有那麼重要，一直都沒有留意——」

黎笑虹不耐煩地截道：「那麼，今晚我就要了曉心！」

忽聽一人道：「來不及了，今天，我就要了你的命！」

黎笑虹乍聽這熟悉的聲音，大吃一驚，霍然回首，四條人影已經衝了進來，以迅雷不及掩耳的手法，格殺了錯愕中的楊明華和陳磊！

黎笑虹正要逃走，四人已分四個方向包圍住他。

只聽高夫人一聲喜叫：「風亮！」

高曉心也發出一聲清悅無比喜不自勝的呼喚：「唐哥哥！」

◇◇◇

高夫人和高曉心心中之歡喜，真是無法想像，甚至連表情也無法表達。

這下簡直是再世爲人，來生相逢，濺出了驚喜的淚光。

高風亮和唐肯雖有心裡準備，一時也被激情所感動，高風亮迎向老妻和愛女，唐肯扶起地上的杏伯。

黎笑虹趁此全力逃逸！

他知道勇成的武功跟他不相伯仲，但自從上次受傷後，勇成的武功已大打折扣，而且，勇成一直都逆來順受，向不敢招惹自己這一干有官府撐腰的人。

他更知道，只要他衝出中堂，將相樓那兒還有李大人派來的五名高手，一定會出手，那時，就算是高風亮，又有何懼！

所以他認準唐肯的空隙，掠了出去！

勇成從斜側陡搶了過來！

黎笑虹右鉤護身開道，左鉤捺劈勇成！

勇成雙斧一掄，與雙鉤一擊，啪地炸出星花，黎笑虹藉後挫之勢爲騰躍，破窗而出！

可惜他忘了一點。

忘了丁裳衣。

丁裳衣只是一個艷麗的女子，他不知道有些女子的武功也如她們容色一般不可忽視。

他破窗而出，正要張口大喊，忽見一道雲。

紫雲舒捲。

雲裡精光一閃。

他避得極快，然而已吃了一劍，右手鉤落地，那紫雲化爲披風，披風張揚，劍光又至！

黎笑虹忙運鉤招架，勇成揮舞雙斧，殺了過來，黎笑虹連呼叫的機會也沒有。

唐肯也加入了戰團。

黎笑虹只覺壓力增強，倒拚出了狠勁，捱了勇成一腳，踉踉蹌蹌搶路而出，冷不防前面人影一閃，一柄龍行大刀，當頭斫下！

他這下可嚇得魂飛魄散，勉力一架，鉤被震飛，餘力未消，加上他腰脅挨了「踏破鐵鞋無覓處」的「大腳勇成」一腿，臀骨震裂，步履不穩，叭地摔在地上。

那把龍行大刀即時已壓住他的額頂。

黎笑虹的心往下沉，眼睛湧出了淚水，忍不住叫了一聲：「別殺我，求求你別殺我！」

持刀的人正是高風亮。

高風亮的眼神逼人，望著他，痛心疾首地道：「說！爲什麼要這樣做！」

黎笑虹呆了一呆，慘笑道：「我沒有選擇，是李大人要我指認你們是劫餉的盜賊，不是我要幹的！」
高風亮也怔了一怔，沒想到會問出了這麼一個大祕密，一個大祕密，一時倒忘了逼問下去。
丁裳衣目光一轉，即問：「那麼，究竟誰才是劫鏢人？」
黎笑虹忙不迭地道：「我不知道，我真的不知道，李大人叫我別管，到時候有人劫鏢就是了。」
高風亮和唐肯互望一眼，心中震訝，難以形容，丁裳衣的劍鋒一伸，抵住黎笑虹的咽喉，就在黎笑虹感覺到劍尖觸及喉嚨之際緊逼地問：「你是怎麼和李鱷淚接觸的？」
黎笑虹殺豬似的叫了一聲，眼淚簌簌而下，只說：「別殺我，別殺我……」
丁裳衣道：「你不說，我就殺。」手腕微向前一遞，劍尖入肉半分，鮮血已湧了出來。
黎笑虹三魂嚇去了七魄：「我……我……我跟李大人……不……李鱷淚……不認識……不，認識認識……李大人是魯大人……」
高風亮用刀背在他額上一指，叱道：「慢慢說，說清楚點！」
黎笑虹說：「是。」好不容易才控制舌頭打結，「我本來不認識李大人的……但魯大人倒見過兩次……有一次……大概是去年年底罷……魯大人叫我、鍾應和鄭忠三人同赴天京樓，那晚有吃有喝，還有……」

丁裳衣柳眉一豎，叱道：「管你有什麼的！魯問張跟你說些什麼？」

黎笑虹腦裡天京樓的榮華綺麗頓時粉碎，只剩下眼前極端惡勢力的處境：

「魯大人問我們知不知道高老局主身上有紋身？」

丁裳衣聽了一怔，高風亮卻點了點頭，臉色凝重。

「我們都說有，他又問有沒有看清楚高老局主身上雕的是什麼花紋，我們都說：高老局主平時很少赤身，我們是在他練功練得汗濕衣衫時略瞥見胸膛上有好一些圖案，卻不知雕的是什麼……當晚魯大人只請我們吃飯喝酒，也沒提到什麼……」

丁裳衣兩道彎月眉迅速一蹙，又泛回原來恬靜的額角去：「後來呢？」

「後來……魯大人又請我們去一趟，要我們不要告訴局主。」

高風亮聽到這裡，冷哼一聲，道：「鄭鏢頭有告訴我，我以爲沒什麼，我從來不跟他們打交道，也不礙著局裡的人升官發財，便沒有詢問。」說時心裡當然有懊悔當時爲何不細詢個清楚。

「是，是……局主待我們一向情同手足。那天，魯大人說：『高處石下葬的時候，是不是叫人用殮布厚厚包著？』我們都說：『是呀。』魯大人舒了一口氣道：『總算有眉目了。』然後叫我們掘出高局主的遺體，他要看一件東西，我們都猜是高局主身上雕的圖案，鍾副鏢頭說：『老局主已下葬了七年，只怕已經腐朽了。』魯大人臉色不大高興的樣子說：『要是遺骼爛了，就把那張裹屍布取出來！』」

「後來……」高風亮忽然截道：「鍾、鄭二位怎樣了？」

黎笑虹結結巴巴地道：「他們……他們得罪了魯大人，所以……」

高風亮大刀一擊，怒叱：「胡說！分明是他們不肯驚動爹爹的遺體，而遭姓魯的殘害！」

黎笑虹一見大刀揚起，失心慌地道：「不是魯大人，是李大人，是李大人——！」

高風亮叱問：「李鱷淚是怎麼冒出來的？說！」

黎笑虹苦著臉道：「那天晚上，連李大人也出現了，要我們去掘老局主的墳，我們都說不可以如此做，李大人說：『你們怕高風亮罷了，我保管教神威鏢局一夜間就散了……你們誰要當局主？』我們都堅拒，李大人一氣之下，就叫人把鍾、鄭二位鏢師殺了！」

丁裳衣冷哼道：「獨不殺你，只怕三人中只有你一聽有利可圖就心動了。」

高風亮仰天長嘆道：「為了鏢局，鍾應和鄭忠死得實在太慘了！」

唐肯一把揪他起來，責斥道：「是不是你加害了鄭、鍾二位！」

黎笑虹慌忙搖首，一口氣喘不過來。丁裳衣冷笑道：「算了，問他他也不會說。」

黎笑虹叫道：「我真的沒有殺……」

高風亮低叱：「你嚷嚷這麼響，是要樓上的人聽到來救你嗎！再叫，我先剁下你的舌頭來！」

黎笑虹登時爲之噤聲。

丁裳衣問：「李鱷淚的方法，就是誣陷神威鏢局監守自盜？」

黎笑虹眨了眨驚惶的眼睛：「他沒有說。事後，我猜是這樣。」

丁裳衣又問：「外面伏有多少人？」

黎笑虹即答：「有數十名李大人的部下，李大人好像帶來了整百名高手，主要是爲了應付明天繳稅期限已屆，生怕農民有異動，另外，也要監視這裡。」

唐肯笑道：「嘿，幸虧我們神不知、鬼不覺的進來了。」

高曉心喜悅地道：「唐哥哥，你們是不是從……」

唐肯呵呵笑道：「是呀。」

高曉心一雙無辜而柔和的眼睛，深情款款的望著唐肯：「那麼，有沒有見到上次的死屍？」

唐肯怔了一怔，道：「沒有啊！」在這一怔間，他腦裡似乎某件事聯想在一起，但只是閃了一閃，仍是無法勾勒出是怎麼一回事。這種俗稱「靈光乍現」的意念在一些人身上，是常有的事，只是這剎間的「靈光」，是不是能夠捕捉得下來，化爲清晰明朗的構圖而已。

二　死屍的疑惑

高曉心和唐肯在說了那幾句他們因爲共同經驗所以只有彼此才瞭解的話之時，丁裳衣用眼角迅速地瞄了高曉心一眼，心裡不禁一聲讚嘆：

這樣一個女子，並不高，髮披肩，額前留著瀏海，由於她臉兒十分白皙、肌膚就像初生的鵝蛋殼一般緊密、細緻而且弧度柔舒，從額到頰渾圓，頰以下靈而秀巧，黑的髮絲間隔露出搶鏡似的白，那黑顯得更黑，黑得像少年李白第一次醉後的狂草，隨時要倜佻而出、破空飛去似的，而臉蛋就是那小小的天空了。丁裳衣從來也沒見過幾綹瀏海也有這樣活潑法。

瀏海下的眉毛，細而貼，像剪好貼上去的兩艘彎彎的上弦月，笑時躍啊躍著，與瀏海比話。眼睛也像上弦月，一樣是彎彎的、眼下浮浮的，夾著精靈黑得像漆過的橄欖核。整張臉都是笑意，都孕育著幸福，下巴尖尖秀秀的，這唯一的小小薄命在笑意裡也變成了薄倖。最搶眼耀目的是上排兩隻大兔子牙，白得青出於藍，像松鼠在啃木頭，一不小心把牙齒嵌在木裡拔不出來，可是看去仍是隻高興的松鼠，就是這樣子。

丁裳衣忍不住要嘆息，這個頭飾粉紅蝴蝶花簪，穿淡絲薄絨小圓領束腰衫裙的女孩子，青春得有些過了份。

而她自己的青春已飛逝。

她略爲失神。

這剎那間，唐肯不覺察，高風亮正爲死去的鏢師傷懷，黎笑虹很想躍起來，就這樣拚出去。

可是勇成一腳踩住了他。

勇成外號「踏破鐵鞋無覓處」，他這一雙鐵腳，在鍛鍊基本功夫時倒真的踩破了十幾雙鐵鞋，一旦給他踏上了，就算換作高風亮，也一樣掙不起來。

勇成問：「因此，你就指誣局主他們盜餉了，是不是？」

黎笑虹強忍恨意，道：「勇老二，本來李大人這批人，老早想除了你，但我總是攔阻，說你待我一向情同兄弟，你今日也該念念這份情義啊！」

勇成冷笑道：「我這身內傷，卻也拜你所賜，這怎麼說！」

高風亮道：「黎笑虹，我待你也算不薄，你卻要我家破人亡，蒙冤莫白！」

黎笑虹垂下了頭，不敢抗辯，丁裳衣道：「樓上還有幾個人？」

「五個。」勇成替他答了。

高風亮臉色一沉，道：「先把此人殺了！」

黎笑虹全身又抖了起來。丁裳衣卻道：「不行，留下此人，說不定，可以有助於雪冤。」

高風亮悻悻道：「這件事，根本就是李鱷淚誣陷的，哪有雪冤的機會！」

丁裳衣道：「不一定。你忘了，還有個冷血。」

唐肯大聲接道：「對。冷捕頭上面，還有位諸葛先生！」

高風亮疾道：「好，就留他性命！」運指如風，點了黎笑虹身上七處要穴，眼睛向上一望，道，「樓裡五人，全宰了！」

高夫人驚怕地道：「可是，他們都是官差哪——」

高風亮指了指躺在地上早已氣絕多時的楊明華及陳磊，道：「殺一個也是殺，兩個也是殺，反正都給人定了死罪，也真殺了官人，這些官差也都不是好人，就一併殺了！」

丁裳衣、唐肯、勇成都是被欺壓了一段長時間的人，現在振奮起來，全都說好。四人潛上了「將相樓」，一齊衝了進去！

五個人裡，三個在喝酒猜拳，一個在狎戲小蜻，另一個正醉後大睡，一個照面間，四人已被了賬！

剩下一個本來睡在床上的，才睜開惺忪的眼睛，四個同伴全都丟了性命，他剛想使雙拐，已被雙斧震落，一柄龍行大刀，一柄十一環大刀，還有一把劍已指著他，他一時嚇得屁滾尿流，真後悔自己為何要睡這一場要命的覺，以致來不及逃命。

高風亮問：「你是不是李鱷淚、魯問張派來的人？」

這人點頭。

高風亮又問：「叫什麼名字？」

這人乖乖地答：「班傑明。」

高風亮再問：「李鱷淚帶多少人來？」

班傑明道：「大概百人左右。」

丁裳衣也問：「這些人中一流高手有幾人？」她補充了一句，「當然，像你這種貨色不算在內。」

班傑明想了一想，結結巴巴地道：「有……李大人……魯大人……還有『老虎嘯月』那個聶……聶……聶……」

丁裳衣接道：「聶千愁，我知道。說下去！」

班傑明不敢有違：「……還有李福、李慧——」

丁裳衣蹙眉道：「『福慧雙修』？」

班傑明討好地道：「對，就是他們……」

高風亮叱問：「還有呢？」

班傑明道：「……還有三個人，一老、一中、一青……聽說是比『老虎嘯月』還要厲害的人物……我不知道他們叫……叫什麼名字……」

高風亮、丁裳衣、唐肯、勇成彼此望出了眼睛裡的恐懼，一時都想到原本在江湖上，三個極其厲害人物，後來隱身在官場中，而他們的官場靠山，跟李鱷淚的頂頭上司，極有淵源：

——難道是這三個煞星？

——李鱷淚竟把他們三人都請來了？

高、丁、唐、勇四人手心都冒出了冷汗。連被他們兵器所抵著的班傑明，也感覺他們透過兵器的顫抖。

——只要這三個魔頭也出手，就算能逃出此鎮，天涯海角，也逃不過他們的追殺！

——這三人的名頭加起來，比「四大名捕」還要響亮，落在他們手上的人，全都只後悔一件事：世上實在不該有自己這個人！

——這樣可怕的三個「人」！

高風亮本來想一刀殺了這個作威作福魚肉百姓的狗奴才，但他想到那三個人，已經無心再殺人，只點倒了他。

——那三個人，人怪，出手怪，名字也怪。

——老的叫「老不死」。

——中的叫「中間人」。

——青的叫「青梅竹」。

——這三個人，已經不需要名字，只要有代號，就天下皆聞，人所皆知了。

高風亮等人本來潛了進來，主要想跟家人親友告別，安頓後事，然後遠走高飛，可是，他們此刻，打消了這個念頭：既然「老中青」已逼近青田，無論他們怎麼逃，都插翅難飛！

他們互相望入對方眼裡，彼此都瞭解。

縱然是片刻小敘，總好過連執手相看深記，來生將容顏依稀的機會也沒有。

外面淅瀝淅瀝的下著雨，雨聲漸漸輕了，丁裳衣推窗望去庭園，原來雨已成雪，原來是深秋後的第一場雪，紛紛杳杳，婷婷皚皚，頃間鋪了一地純靜。

◇◇◇

高風亮和唐肯在老局主高處石的靈位前恭恭敬敬的上了香，叩了頭，高風亮悲聲稟道：「爹爹，請恕孩兒不孝，不能光大您一手創立的『神威鏢局』，而至於今天零星落索，破敗殘局，無可挽救，皆因狗官逼害，我……」悲不成聲，上香、叩拜、掩袖、退下。

唐肯見這下拜祭，大堂寥落，只剩三、五名仍忠心耿耿的兄弟以及勇成，大都氣態沉鬱，滿臉悲屈，心中甚是哀憤，叩首拜道：「大老爹，你養我育我的大恩，我唐肯三世都報不盡，我做不了什麼事，只有一死跟到底，局主被通緝我就坐牢，神威要亡我先死，誰敢殺局主我就拚了……」

丁裳衣逕自在門前當風處上了一炷香，凝神膜拜後，回到大堂，忽道：「還有一個辦法。」

高夫人、高曉心等都望向她，等她把話說下去。

丁裳衣道：「我們有兩個活著的證人。」

高風亮道：「妳是指班傑明和黎笑虹？」大家都沒弄清楚丁裳衣的意思。

丁裳衣道：「黎笑虹是誣告、假作證的人，班傑明是李鱷淚、魯問張派來毀滅神威鏢局的人，這兩個人，只要給冷血知道，上報給諸葛先生，事關重大，未必就不能翻案！」

高風亮憂愁地道：「只怕到那時候，我們屍骨已寒了。」

唐肯卻大為振奮：「就算我們死了，只要翻了案，一樣可以留得清白在人間！」

「不！」丁裳衣堅定地道，「更重要的是：讓這干狗官東窗事發，重者惡貫滿盈，輕的也搞得他們手忙腳亂，那也是好！」

「好！」高風亮重新有了生機，活著，就算短暫，只要能種下復仇雪恥的因子，那也足以振奮了，「我們走……」想到和妻子才剛見了面，連話也未曾多說幾句，不由心頭發苦，苦上了牙齦。

丁裳衣瞭然。

「是要走，不過不是今天。」

「今天不走，只怕……」高風亮苦澀地道：「再也走不了！」

「他們再早發動，也得等明天；」丁裳衣胸有成竹地說，「我已問過黎笑虹、班傑明，他們是說，李鱷淚的手下今晚開入鎮裡，待明日逼交稅糧，要是有人違抗，就先找神威鏢局的人開刀，然後逐一殺雞儆猴，務使人人都不敢不繳……他們料想我們還未到，外面又有魯問張的人監視著，裡面也安排了黎笑虹這幾人，以爲萬無一失……所以今晚之前，不會有什麼事的……咱們天破曉前動身，應該還來得及。」

其實她這番推測，主要還是要成全神威鏢局的人多片刻團聚，有理與否，倒是次要。

勇成表示同意：「要是來不及，就算現在動身也一樣來不及。」他是指要是「老中青」已經來了的話。

高曉心嘻嘻笑道：「沒想到上次我們挖那個洞，有那麼大的用處，爹爹還打罵我們一頓呢！」

高風亮依稀憶起此事，笑笑道：「還說！你們還掘出一具死屍，搞得勇師弟、鍾鏢頭他們慌了手腳，把他安葬在——」

他這句話說到這裡，「死屍」兩個字再度映入唐肯腦裡，原先第一次像黑夜的星光亮了一亮，乍然間還不清楚是什麼，這第二次再度閃亮，使得已經提高知覺的腦裡馬上清澈如流星劃過——唐肯叫了一聲：「死屍！」

高風亮和勇成同時叫了起來：「死屍！」他們都同時想到了。

可是丁裳衣、高夫人、高曉心還沒弄明白是怎麼一回事，只聽三人異口同聲叫「死屍」，都覺震愕。

勇成率先道：「八年前，青田鎮發生過一次大地震——」

唐肯接下去道：「這地震很烈，會不會使土地移轉，震裂棺底，以致——」

高風亮叫了一聲：「會不會是爹的遺體！」

丁裳衣這時也明白了他們所指：這地方曾經經歷過一次強烈的大地震，他們正在懷疑是不是這一場大地震將石棺震開，屍首因地殼轉移，而推至他處，當年唐肯和高曉心掘洞時遇到地層下的裂縫，就是最好的證明！

高風亮著急地道：「你們……那屍首埋在哪裡！」

勇成道：「葬在後山的墳塚中！」

那時候，他們都搞不清楚這具早已腐爛掉的屍首是誰的，只好把他埋在後山裡，那時候，黎笑虹剛好出外押鏢，由於不是件什麼大事，回來也沒聽誰提起。

丁裳衣問：「他們是不是一進來就掘開高老太爺的墳墓查探？」

高夫人道：「是。但石棺已裂，墳裡空空的……他們就問我有沒有改葬，我說絕無此事，他們看見石棺真的裂了，才相信……」說到這裡，有些難以啓口的樣子。

高風亮道：「這事大有蹊蹺，有什麼事，妳儘說出來好了。」

高夫人道：「他們還問……問我有沒有看過……」

高風亮蹙眉道：「看過什麼？」

高夫人道：「看過老爺的身子……我當然沒看過了……他們又問你有沒有看過你爹爹的身子……我說我不知道，反問他們找到你下落沒有，他們避而不答……」

高風亮重重哼了一聲：「荒謬！」心忖：奇怪的是父親一直極少赤身，連炎夏也不例外，這可奇了！

丁裳衣沉吟道：「看來，高老太爺身上刺了些個什麼祕密，但安葬後因地震之故，遺體移往他處，後葬於後山的墓塚裡……李鱷淚、黎笑虹等不知道這些轉變，只去挖掘你們祖家的墳位，一無所獲，於是只好查問旁人有無見過老太爺身上的刺青……」她這樣推論著，問了一句，「只不知道老太爺身上刺著什麼，竟如此關係重大……」

高曉心忽叫了一聲。

眾人看去，只見她的秀指掩住了口，但仍掩不及發出去的聲音，大家都明白她是爲了當日掘到的竟是爺爺的屍體而驚心。

丁裳衣把話題繼續下去：「那麼說，李鱷淚他們知道石棺破裂後，知道屍首將不存，便專注去找那張殮布——想必是要從殮布裡可以查到些什麼……」

高曉心忽又尖叫一聲。

她尖叫第一聲可以說是很自然的，但叫到了第二聲未免有些意外。

眾人都看向她，只見她哆哆的沒了主意地道：「那張就是殮布？……我……我收起來了。」

眾人一聽，全部意料不到飛來一個天外的結果而發了怔。

「我想……那屍體不知是誰人的……心想可能日後有他的後人來認領，留下件證物也好……我就……留下了那塊布……」高曉心脹紅著臉說，她不知道爹爹會怎麼怪責她。

「妳做得再好也沒有了；」丁裳衣高興而帶著鼓勵地道：「妳把殮布收在哪裡？快拿出來看看。」

「可是……」高曉心仍高興不起來。

「妳丟了？」高風亮提高了聲音。

「不是，不是……」高曉心慌忙地答，終於下了決心地道，「我把它洗乾淨了。」

三　是和死

一張裹屍布，當然要把它洗乾淨了才留存著，是件正常不過的事。

可是，殮布給洗乾淨了，自然什麼痕跡也不留了。

眾人一顆剛提來的心，又沉了下去。

高曉心上去不曉得在什麼地方拿了條微微泛黃的白布下來，眾人仔細看過，只有幾處淡綠苔痕和黃棕泥漬，便什麼都看不出來了。

高曉心看著大人失望的臉色，要緊緊咬住嘴唇，把唇色都咬白了，才能忍住不哭。

丁裳衣留意著了，便笑說：「其實我們也恁地多心，這殮布既在泥底裡壓了多時，就算起出來當時細察，除了泥巴又能發現什麼，我看李鱷淚也是枉費心力罷了！」

高風亮橫了女兒一眼，沒去罵她，跪下來向老太爺的靈位拜道：「孩兒不孝，不知道這是重大信物……如果他日能復興神威，定必把您老人家遺體請回來安葬。」

唐肯也跪下來稟道：「老太爺，都是我唐肯的錯，千不該，萬不該，冒犯了您老人家的身體——」說著刮刮刮打了自己幾記耳光。

高曉心也跪下去，叫了聲：「爺爺——」便哭了，丁裳衣搖首道：「我是旁人，說外話不見怪，你們有什麼做錯了？要不是你們的發現，只怕高老局主是在地底裡連塊棺板也沒有哪，現在移葬復生，總比曝屍的好，也勝過今次給官差掘出來，這是高老先生泉下有靈，待他日你們有能力時，再修墳置地，風光大葬，不也一樣？別難過了。」

丁裳衣這樣勸慰，高曉心心裡才好過一些，哭聲才止。

勇成在一旁看到高風亮、唐肯、丁裳衣三人還似個泥人兒似的，衣衫盡濕，便道：「既然不是現在行動，你們先歇歇吧。我叫杏伯他們做飯，不管明天如何，今晚吃個團圓餐再說。」

唐肯和丁裳衣都覺得應該讓高風亮和家人聚聚，丁裳衣覺得唐肯應與高曉心敘敘，而高風亮和唐肯都覺得丁裳衣是陪他們神威鏢局的人捱性命的，心中過意不去，都希望她洗洗身子、歇歇疲意。

神威鏢局剩下的人雖然很少，但見局主回來了，不管有沒有明天，心中那份失落換上了勤快，要做餐好飯，希望吃過團圓飯後能真的就團圓，雖然明知兵敗如山倒、樹坍猢猻散的結局是命定了的。

魯問張可不是這麼想。

他坐鎮在衙堂正桌之後，頭上懸著一面「公正廉明」的匾牌，原來的官兒只敢在旁站著，這幾個鎮原就是魯問張管的，何況有更大的朝官李鱷淚要到，發了瘋的人都不敢得罪魯問張。

魯問張剛坐下來，又起身，氣沖沖的踱步，又坐了下來，這小官一顆心才稍安，魯問張卻又霍然站了起來。

「文張！」

這官兒幾乎嚇得跳了起來。

「下官在！」

「你爲什麼一聽我叫你的名字，就怕成這個樣子？」魯問張瞇著眼睛，忽又把眼睛睜得老大，彷彿這個表情才比較像明察秋毫的氣派，「是不是在徵稅時做了什麼中飽私囊的事？」他本來是要問地上怎麼有一、二灘雪水的，但見文張驚怕，更要挫挫官威唬唬他。

「沒有，絕對沒有。」文張呼起撞天屈，「真的沒有。下官忠心耿耿，一介不敢，只為大人效命，鞠躬盡粹，死而後已。」

魯問張這些話也聽膩了，笑了一下，掏出木梳扒扒鬍子，道：「那你又為何驚怕？」

「那是因大人的虎威……」文張觀形察色地迅速抬了一下頭，又怕冒犯天威似的低下頭去，「因為剛才大人叫下官賤名時，下官一抬頭，看見了……」

魯問張奇道：「看見了什麼？」

文張很敬畏似地道：「下官不敢說。」

魯問張叱道：「有什麼不敢說的。」

文張恭謹地道：「下官怕照直說了，會降罪下來，下官承受不起。」

文張愈是這樣說，魯問張就愈是想聽：「天下的罪，有我替你頂著，快據實說！」

「下官這一抬頭，就看見……」文張結結巴巴，挨挨延延的道：「就看見大人您頭上有一縷煙氣，好像……」

魯問張不解地問：「煙氣？」

文張道：「好像掠飛著一條金龍！」

「真的？」魯問張心頭一喜，隨即一震，叱道，「胡說！」

文張立即跪了下去，道：「下官該死，下官該死！」

魯問張拍著桌子道：「文張，你剛才說的話……可是……可是不赦之罪……你可知道？」

文張顫聲道：「下官知罪，不過，下官是據實直說，決無半句虛言，而且……大人說過不降罪於下官的。」

魯問張撫髯道：「你說的可是實話？」

文張叩首道：「句句實言。」

魯問張心頭竊喜，吩咐道：「我這次赦免你的罪……不過，文張，你在外面可不能亂說！」

文張忙不迭地謝道：「下官曉得，下官定必守口如瓶，決不洩露。」

魯問張見他聰明，便說：「日後我調你跟著我，你可願意？」

文張巴不得他說這句話，這幾個鎮搜刮了這一筆之後，早已油盡燈枯，跟在魯問張身旁才是大肥缺，當下叩頭如搗蒜泥，道：「下官爲大人效命，萬死不辭！」

魯問張心中嘀咕：這連半死的風險都不必冒，說什麼萬死？但也沒有想下去。他剛剛一直憤憤不平的是：丁裳衣怎麼會爲了一個區區亡命之徒關飛渡而捨棄他的恩情，居然跟「神威鏢局」那一干叛逆作亂去了！他實在左思右想想不通，摸著被丁裳衣刺傷的右肋，但絕未認命。

「你派去等候李大人大駕的人，怎麼還沒有回來？」魯問張問。

忽聽一個聲音道：「明天才是繳稅的最後期限，」另一個聲音接說：「所以李大人無需來得太早。」

魯問張乍聞語音一震，聽內容才知誰到了，差點沒拔劍出鞘。

文張卻恭聲揖道：「兩位少俠。」

來的是兩個長得一模一樣的錦衣青年，正是李福、李慧二人。

魯問張悶哼一聲，道：「進來也不通報一聲，沒上沒下的。」

李福冷笑道：「我們是堂堂正正的進來，只是你的部下都是瞎子，也沒瞧見我們。」

李慧道：「幸好是我們兩個，要是別人，只怕……」說到這兩個字，兩兄弟都沒接下去說。

文張卻知道魯問張和李氏兄弟雖然同在李鱷淚手下效力，但卻處於不同派系，互相猜忌鬥爭，魯問張是李鱷淚手下裡能文能武的多年幹部，但李鱷淚也知他除了風流生性感情用事外，還有相當的野心和獨佔慾，所以他就事事偏不讓他一手包攬；至於「福慧雙修」是他的義子，自小扶養長大，對他奉若神明，但行事缺乏經驗，要他們殺人猶可，若是招攬他人則只有壞事，雖然忠心，李鱷淚也只教他們武功，不讓他們擁權屯兵。

「那是你們輕功好。」

魯問張強忍一口怒氣，道：「明個兒要是這股悍民不繳稅，大人的意思是要拿他們怎樣，也好教我準備準備。」

李福道：「你不必準備了。」

李慧道：「先拿神威鏢局的人開刀，然後把不交的人逼去墾荒，剩下的屋地，歸了李大人，日後轉手出去，再刮一筆。」

李福道：「這叫一石數鳥，你不懂的了。」

李慧道：「所以你不必準備了。」

魯問張再也按捺不下去，心忖：好哇，你們這兩個目不識丁的小子，也敢仗勢欺人！管他是李大人的義子，老虎不發威真當病貓了！當下恃著李鱷淚對他的倚重，叱道：「我替李大人賣命的時候，你們兩人還不知在哪條道上，我不懂得？打從李大人要我和『老不死』帶兵幪面劫餉時，我早已知道大人的下一著棋子了，你們……」

李慧這次搶先吼道：「住口！」

魯問張沒料這個少年居然敢呼喝他，一時住了嘴。

李福接叱道：「這等大事，你也敢洩露？」

魯問張也情知自己是一時激動失言，但嘴硬地道：「怕什麼？文張當時也有參與其事，都是自己人！」

文張可不敢應答。他察言辨色，魯問張是自己頂頭上司，「福慧雙修」是當權派人士，上頭還有個掌握生殺大權的李鱷淚，他可不敢厚此失彼，厚彼失此。

李慧手按劍鍔，冷笑道：「你是故意說出李大人爲了搜括民脂民膏，劫鏢在先，虐民在後了？」

魯問張倒沒真的怕了「福慧雙修」，他只是不願扯破了臉罷了，一聽對方這般咄咄逼人，也怒目指問，道：「我可沒這樣的意思！李大人這樣做，主要是爲了骷髏畫，那是傅丞相的大計，我可服得五體投地的，你別用這樣的罪名栽我！」

李福、李慧互覷一眼，李福道：「果然不出大人所料，你把這些祕密，老是掛在口邊裡，難保有日不說出去。」

魯問張也是個聰明人，警省驚愕道：「你們……是不是李大人派你們來……？」

李氏兄弟都笑了。

李慧道：「魯大人，正是乾爹派我們來告訴你，你快要官升三級了。」

魯問張一楞。

李福笑道：「乾爹是要我們來試試你的忠心……」

魯問張忙道：「我對李大人忠心不二，雖死無悔！」

李慧也笑道：「這個我們曉得，剛才一試，你處處爲乾爹辯護，無怪乾爹常說：要多跟魯叔叔學習。」

李氏兄弟叫得那麼親，魯問張倒是去了大半敵意，撫髯笑道：「那裡，那裡，鱷淚兄對我恩重如山，我只是感恩圖報，而且還未能報一二呢！」

李福接道：「是啊，乾爹常誇你文才武功，都有過人之能。」

李慧挑挑眼眉道：「對詩酒風流方面，也有過人之長……」

魯問張哈哈笑著自大桌行了出來，「你們乾爹真是會說笑……不過，有時候，鱷淚兄要想見識鶯鶯燕燕，都是由我帶路的呢，下次你們哥兒要是有閒，我也可以代爲引領引領。」

李福道：「魯大人真是老馬識途了。」

魯問張笑著攬住李福的肩膀道：「不是我自誇，本縣上下，誰不知道這方面誰也沒有我魯問張熟！」

李慧道：「就是嘛，乾爹說你善解人意，又是個好官，所以要升你的官，調你回京……」

魯問張眉開眼笑地說：「是麼？那在赴京之前，一定先帶你們到處遊賞……」心中卻想：剛才文張見自己頭上有龍隱現，真箇靈驗，回到京師更多油水好撈，機會更多，自己日後真是平步青雲，風生水起了，想到這裡，越發想先巴結這兩兄弟，在京裡多個人照應也是好的。

李福悄聲道：「何況，你掌握了那麼多的祕密，乾爹又怎會讓你長期在外，任勞任怨呢！」

魯問張更是深信不疑，拍腿笑道：「對呀，對呀，日後我回到京師，在李大人身邊效力，更能爲他分憂解勞，不假外力了！」

李慧道：「你又可以直接爲他效力，死而後已了。」

魯問張笑著也攬上李慧的肩膊，親切地道：「是呀，是呀。」

李福笑道：「不是『是呀，是呀』。」

魯問張不以爲意，笑問：「是什麼？」

李慧再接道：「是『死呀，死呀』。」

魯問張一愕。李氏兄弟雙劍鏘然齊響，哧地齊刺入他左右腰裡，又一齊陡地跳開，魯問張感覺到兩樣尖銳的東西一齊在他腹內會師，才發出一聲狂吼，一時左右都失去了挾持。

魯問張蹌踉了半步，哀呼道：「爲什麼——？」

李福笑道：「你不是說忠心耿耿，死而無悔麼？那你就死呀！」

李慧嘿嘿笑說：「你既然老馬識途，那麼黃泉路上也先走一遭罷，他日也好爲我們兄弟引路啊。」

這兩兄弟不但說話承先接後，容貌酷似，連心意也相通，同時出手，同時退後，縱使哭笑也相同。

魯問張嘴裡溢著血，十分不甘心地道：「我真的是……忠心的。」

李福笑著反問：「可是你知道得太多了，試問乾爹又怎會留著個知道他太多祕密的人？」

李慧也是笑問：「而且你也太貪得無厭，才是乾爹手下一名官兒，居然也想頭上有金龍，真是異想天開！」

魯問張一聽，困難地轉身，戟指文張叱道：「你這個卑鄙小人。」

驀然間，手中鐵梳一折為二，向李氏兄弟激射而出！

李氏兄弟似沒料到魯問張居然瀕死反撲，匆促間一個閃躲，一個空手去接，「哧、哧」二聲，半截梳子釘入李福掌心裡，另半截嵌入李慧肩上。

魯問張拚力上前要出手，陡地，胸前冒出了一把紅刀尖，隨著血水冒湧出來。

魯問張一呆，頓住，眥瞋欲裂。

文張放手，讓匕首留在魯問張背後，退走，道：「誰不卑鄙？」轉身向李氏兄弟揖道，「任務完成了。」

「砰」地一聲，魯問張倒在地上，氣絕當堂，眼睛還睜得老大的。

李氏兄弟猶有餘悸，忍痛拔掉鐵梳，傷口血湧如泉，兩人互替對方止血，李福道：「你做得好。」

李慧道：「這是誰的意思，你明白了沒有？」

文張神色不變地道：「下官不知道，但心裡明白。」

李福笑道：「好個不知道而又明白，你果然是聰明人！」

文張恭聲道：「下官是蠢人。」

李慧吩咐道：「明日，李大人會當眾問起，你就說魯大人是死於叛民手上的，知道嗎？」說著把魯問張屍身上的刀劍都抽拔出來。

只聽一個聲音咳著問道：「那麼，李大人就可藉此平息叛逆的理由，逼走村民，毀滅鏢局，屠殺異己，爲所欲爲了？」

「福慧雙修」和文張都大驚失色，因爲他們決未料到匾牌上竟然有人！

四 雪還是花？

語音是從匾牌上傳來的，可是那張巨桌卻「砰」地一聲粉碎。
碎片滿天，落地時原來桌子之處卻多了兩個人。
文張認得其中一個人：「闞小趣！」
他一直認爲這是一個不值得擔心的小捕快，從相學的觀點，他不認爲他能活過二十五歲。
可是另外一個人李氏兄弟是認識的。
「冷血！」
冷血臉無表情，只是臉上的輪廓彷彿更深刻顯明了。
咳嗽聲依然自匾牌裡傳來。
有人咳著、扶著柱壁、走了下來。這一下，連「福慧雙修」都直了眼。
匾牌掛得丈八高，這個病得風吹都倒的人居然在柱上壁上如履平地，一路搖搖晃晃地扶著「走」了下來。
李氏兄弟再傲慢，也知道是遇上了勁敵。

可是他們已沒有了選擇：——因為這三人肯定已聽到他們剛才的對話。

「捕王」李玄衣、冷血和關小趣的確是聽到了剛才堂上那段驚心動魄笑裡藏刀的對話。

他們本來等雨停後要關小趣帶他們到「神威鏢局」去，可是冷血發現了亭裡仍燃著香，丁裳衣他們才剛經過不久，冷血實在不願意在亡命天涯的高風亮他們剛回到鏢局便騷擾他們，所以他有些故意的在拖延時間。

捕王也心裡明白。

雨久久不停，但輕柔了，漫空飄著鵝毛般的白雪。

冷血突然提出要求，要關小趣帶他去查一查青田鎮官衙的檔案，他想要多一些有關納稅徵糧的資料，然後才赴神威鏢局。

捕王既沒贊成，也不反對，冷血既然要去，他也跟著去了。於是三人冒雪去衙門。

他倆在關小趣引領之下，到了衙門，才掠入了大堂，魯問張就捏著鬍子走了進來，後面跟了個小官文張，冷血他們不想在這種情形下跟這些官員打交道，便各覓地伏著，不料卻聽了這詭雲乍起的一段話，只是，李氏兄弟猝襲魯問張，冷血和捕王也始料不及，所以來不及出手阻止，關小趣後來想躍出去，冷血也一把拉住，他覺得魯問張死不足惜，重要的是要知道還有什麼祕密。

結果，文張陡然殺死魯問張，這一下，也使冷血、李玄衣出手攔阻無及。官場的黑暗鬥爭，政治的陰謀變化，連冷血和李玄衣都難以判斷。

冷血道：「這些人全是罪犯，也是證人；」他是越過李氏兄弟，向捕王說，「你要怎樣處置？」

他是在試探李玄衣的意思。要是李玄衣爲了陞官晉位，倒過去幫「福慧雙修」，冷血不以爲自己能有辦法制得住他們。

捕王咳嗽，咳著，咯了一口血，倒是輕鬆了一些，臉上噀血似的豬肝般紅，只說了兩個字：「拿下。」

「福慧雙修」發現冷血和那病人一前一後，已塞死自己所有的退路和去處，但是李福、李慧並不因此感到害怕，因爲他們原就想殺了冷血，立個大功。

他們根本就視那個病者爲無物。

李福向文張下令道：「殺了！」

文張沒有動。

他的武功比不上「福慧雙修」，也不及魯問張，但他從里長做起，到現在當官已二十八年，他的鬥爭經驗比任何人都豐富。

他苦著臉道：「我受傷了。」

李慧冷笑道：「見鬼！受什麼傷？」

文張慘兮兮地說：「我在殺魯問張之時給他震傷了！」

李氏兄弟心知文張說的是假話，心中氣得恨不得一劍殺了他，但眼前還是要先除冷血這樣的首號大敵再說。

錚錚兩聲，李氏兄弟已拔劍在手。

冷血神色冷然，手按劍鍔，走了過去。

李氏兄弟心意相通，肩膀一聳，就要出手，倏地背後那病人叱道：「看打！」

李福李慧霍然回身，一時間，魂散魄飛，也不知怎麼招架是好。

他們從未見過這麼大的武器。

那匾牌足有二十尺長，那咳得要死病人隨手一掄，「呼」地迎面橫掃過來！

李福、李慧百忙中急退，但匾牌追拍，已逼入牆角！

李氏兄弟藉此緩得一口氣，雙劍齊出，釘在匾牌上，撐住橫掃之勢！

不料李氏兄弟雙劍剛剛刺住匾牌，李玄衣也就在這一殺間鬆手，「啪啪」兩聲，雙手擊破匾牌，穿了出去，右手閃電般抓住李福左掌手腕，左手扣住李慧右邊肩膀，這兩處都是兩人的傷口，閃躲不便，給李玄衣齊齊拿住。

李氏兄弟還待掙扎，但一經扣住，全身發麻，捕王雙腿連踢，兩人穴道都被踢中，軟倒地上，動彈不得。

捕王這才鬆了手，丟棄匾牌，向冷血笑道：「我怕你的劍，一出劍命便難留。」

冷血心中暗自震驚，這李玄衣隨手拿著事物，便作爲兵器出手，兩招間便生擒兩人，氣勢大而出手快、但毫不傷人，這點冷血自問遠莫能及。

關小趣兀自在氣：「這些人……居然劫鏢……逼無辜百姓交兩次重稅！」

李玄衣卻在皺眉苦思。

冷血忽問：「你是在想什麼叫做骷髏畫是不是？」

李玄衣道：「我們何不問他們。」三人這才發現文張竟然不見了。

關小趣驚道：「他蹓了！」

李玄衣露出深思的神情：「他的武功原來要比『福慧雙修』高……」

冷血道：「我們還可以問李氏兄弟！」

他們問到的結果，只是證實了李鱷淚授意魯問張：第一，要奪骷髏畫；第二，要毀掉「神威鏢局」；第三，劫稅餉而逼農民再交一次；同時也道出了神威鏢局裡外的伏兵；至於什麼是「骷髏畫」，他們也不明白。

冷血和李玄衣知道他們講的是實話，因為這對李氏兄弟從來沒有受過什麼苦，當冷血叫關小趣先斬掉他們一隻尾趾時，兩兄弟已嚇得褲子都濕了一大片。

在這種情形下，李氏兄弟還沒有理由不說實話。

關小趣還在擔心文張的溜走，「他會不會去通知李鱷淚？」

冷血道：「當然會。我們先趕去神威鏢局，通知他們再說。」

李玄衣問：「帶他們兩人一起去，不方便罷？」神威鏢局附近還有李鱷淚的人馬，他們都不想打草驚蛇。

「交給我好了。」關小趣昂然道：「反正他們不知道這兒的事，我先把他們押入班房。」

李玄衣笑問他：「這裡朋比爲奸，蛇鼠一窩，你一個人押著兩大高手，同時也是他們的要將，你不怕嗎？」

關小趣眼中閃著傲然的光來：「你知道我哥哥怎麼教我？——我們關家的兄弟，沒有怕做的事，沒不敢做的事，也只有該不該做、想不想做、愛不愛做罷了。」他拍拍胸膛，大聲說：「我比不上我哥哥英雄好漢，但我要學他，我是他的弟弟！」

冷血本想問他哥哥是誰，但覺沒有時間，就不問了；李玄衣笑著說：「好好幹，六扇門的下一代，要靠你們了。如果我有個孩子像你……」忽咳嗽起來，輕輕重重。

關小趣也振奮地道：「能爲你們做事，我很高興，我很榮幸。」

李玄衣道：「小心看著，這兩個人證，很重要……」嗆咳嚴重了起來，抽心裂肺的咳著，咳得五官四肢都擠在一團，全身的精神氣力都咳成了啞風逼了出來，體內已蕩然無存？

冷血皺起了眉心。

他覺得李玄衣的咳嗽愈來愈嚴重了，簡直不咳則已，一咳起來，整個人就像北風裡枝頭上一張枯葉，隨時都要跟生命切斷，兩無相干。

他不知如何勸解他。

因爲他看得出，這咳嗽已咳到了風前燭光的地步了。

◇◇◇

冷血和李玄衣一走出去，眼簾一下子都被白色鎮住；只見枝頭、渡橋、瓦簷、庭階都鋪上了白雪，白得竟有一種輕柔的溫暖，而忘了著著實實徹骨的寒。

他倆在白茫茫中感覺人世間變遷之大，真是無法逆料的，他們才進去一段時間，再出來灰蒼的雨景已成了白色世界。

遠處的小河開始結冰，但水還是微流動著，上層的碎冰，發出一些碰擊的聲音，像用小手指敲在箏弦上，很是好聽。

河邊的荻花，白了頭與雪映顏色，都分不開來哪一朵是雪，哪一朵是花了，只有岸上橋頭幾枝修竹間挑出一株無心種下的老梅，開出幾朵陡峭的梅，這嫣紅才映得茫茫大地有了雪的淒艷，雪的孤清。

橋墩上，坐著一個老人，在垂釣。

釣上有鉤、無絲。

可是老人垂釣下去，魚就在鉤上，他每鉤上了魚，就抹了一抹鼻子。看起來，他只是一個專心鉤魚的老人。

但是冷血和李玄衣一看見這個人，臉色都微微有些發青。

冷血能在江湖上有這樣的地位，主要是因爲他狠辣絕勇、堅忍不拔。他在黑森林裡，殺掉了武林第一號神祕人物「那人」；連當時名聲比他還響的血魔傳人「神捕」柳激煙，也敗在他手上；在重傷之下，依然能格殺九幽神君的高徒「人在千里、槍在眼前」獨孤威；獨鬥「十二單衣劍」並盡殺「三十八狙擊手」，在淡家村前擊殺十五凶徒，就連有五十四個師父的趙燕俠，也一樣被他重創。

沒有聽說冷血怕過誰來。

但他卻畏懼那個在皚皚的雪橋上、盈盈的梅蕊旁的人。

那個在快結冰的溪上不用鉤絲的釣魚老人。

因爲他知道那老人是誰。

這老人遠在他還沒有練武前，已比他現在還出名。

俟他學成之後，他聽見前輩們提起這三個可怕人物，曾問過諸葛先生。

「遇見『老不死』怎麼辦？」

「別跟他交手，你還不是他的敵手。」

「遇到『中間人』怎麼辦？」

「逃。」

諸葛先生的回答更簡單。

「要是遇見『青梅竹』呢？」

「沒有辦法了。」

諸葛先生嘆了一口氣，道：「一個普通人看到腳上纏著條響尾蛇，最好就是不動。」

「你見到他，跟一個殘廢人脖子上纏了條毒蛇的處境沒什麼兩樣。」這是諸葛先生的結論。

諸葛先生說話，從來不好誇大，冷血相信諸葛先生的判斷，因爲他自己也是諸葛先生一手調教出來的。

不相信諸葛先生只等於是不信任自己。

李玄衣的想法，恐怕跟冷血此際所想也沒有什麼不同，他只是輕如飄雪的說了一句：

「老不死？」

冷血點點頭。

李玄衣道：「二對一，或許能勝。」

冷血想說：要是「中間人」和「青梅竹」也來了呢……話還未問出口，忽然，冰天雪地中，一人飄行而來。

來的人身穿簑衣，在唱著一首歌。

歌聲低柔裡隱透一種豪邁之風。

簑衣人頭戴深笠，踏歌而行，很快的就到了橋墩的竹梅處，站定。

釣魚老人抹了抹鼻子，站起身來。

突然之間，他已衝到了橋頭，到了簑衣人面前，遠遠看去，他的手已觸及簑衣人的竹笠，簑衣人的歌聲陡止。

然後兩人靜止。

過了一會，橋墩上的雪花，忽然染紅了一大片鮮紅的圖象，還在漸漸擴大開來。

簑衣人繼續唱他未完的歌。

「老不死」緩緩仆倒下去，冷血瞧向他背肩處裂了一道血泉。

——究竟是怎麼樣的出手，才能使「老不死」這樣的高手，前面應戰卻一刀命中背後？

「老不死」倒在橋墩上。

簑衣人繼續唱他的歌，向前疾行。

走到橋中央，「嘩啦」一聲，一人自河水拔起，「篤」地落在獨木板橋上。

深秋水冷。

那人似在河裡很久了，一點也不覺得冷，不但不冷，連衣服也像沒有沾濕。

可是那人剛才分明是從河裡拔出來的。

冷血失聲道：「『中間人』！」

李玄衣答不出話來，他已被簑衣人一刀格殺「老不死」的氣派鎮住。

◇◇◇

「中間人」並沒有自河中一拔身而出就施暗襲，因爲那只是對二流高手才用得著的突襲。

他拔出來之際不是沒想到這麼做，但他看見簑衣人毫不紊亂的步伐及聽到他那節拍怡然的歌便打消了這念頭。

——不是一擊就可以取這人的性命！

他到了橋上，並不搶攻，只張弓搭箭，對準那人。

在橋上，這樣的近距離之下，對方根本不能避，也無法閃躲。

可是簑衣人依然唱著歌，依然走來。

歌是剛才的歌。

走來還是剛才的步伐。

「中間人」沒有把握射出這一箭，他退了半步。

簑衣人仍然向前走來。

歌聲在雪色中依然有悲涼的豪壯。

「中間人」仍是找不到機會下手，又退了一步。

簑衣人手搭腰間的刀，歌聲猶未唱完。

「中間人」忽丟下了弓、棄了箭，長嘆道：「我敗了。」「通」地躍下河裡，河裡一道白條湧起，霎間遠去，只剩下冰花上幾片漣漪。

簑衣人站在橋中心，風裡還輕輕飄揚著他的歌。

忽然一陣悠揚的笛聲，伴著他的歌而起。

簑衣人悲涼的歌聲，竟似略有些微的震動，就像歌聲裡夾雜了些河面上冰花碰擊的輕響。

五　簑衣人的歌猶未唱完

吹笛的人是個清秀、乾淨、白衣翩翩、玉樹臨風的少年人。

他橫笛吹奏，踏雪而來，竟似一葦渡江，飄然而行。

行到橋頭，停了一停，拔了一根修竹，連著青青竹葉，繼續前行，然而笛聲未止休過。

簑衣人的歌聲亦未停歇。

修竹大概有八、九尺長，少年到了簑衣人身前十三尺之遙，停下，笛離唇，說了一句：「是你！」似乎震了一震。

簑衣人道：「是我。」

少年人又吹起笛來，忽然換了首令人聽了潸然淚落的曲子。

他在笛上的造詣，恐怕已登峰造極，才吹了幾句，連冷血聽了都要濺熱淚，李玄衣聽了也心傷。

不過李玄衣竭力警省自己，同時也提醒冷血：「他是『青梅竹』。」可是笛聲隔了十七、八丈斷續傳來，曲子一點也不壯烈，但李玄衣竟發現冷血聽不到他說什麼，才知道自己的語音全被笛音掩蓋。

簑衣人仍在唱著歌。

歌仍是歌，不過已不是剛才那首，已經換上一首聽似平板但卻似每個人心靈都曾唱過它午夜夢迴曾喚過它七世三生都曾聽過它的曲子。這麼熟悉，這麼真實，這麼遠的傳來。

驀然，刀光一閃。

少年人的竹子，一節一節地斷落。

到最後，少年人的頭也斷落。

落入水中。

然而刀光只閃了一閃而已。

刀已回鞘。

簑衣人駐立在少年人屍身旁，歌轉悲徹，然後筆直向冷血和李玄衣行來。

李玄衣發現簑衣人走來的姿勢左肩有些微斜，他轉首正要告訴冷血，發現他雙目充滿著尊敬，臉上刻劃著虔誠，神色洋溢著親近。

忽然間，李玄衣明白來人是誰了。

簑衣人行近冷血七尺之遙，停下，揮手阻止了冷血的揖拜。

不知怎的，連李玄衣對這人也有一種膜拜的衝動，他縱橫江湖數十年，居然也會生起這種感覺，心裡很是異樣。

簑衣人仍然戴著深笠，李玄衣看不見他的容貌，但覺得冷電似的眼神，在他臉上疾巡一遍，這種「被看」的感覺，除非是眼神跟劍氣一般銳氣逼人，否則是不容易發生的。

「『青梅竹』以前被我調教過，他一家人都受過我的恩，所以他完全沒有抵抗，但他太強，我出手沒留餘地，……他也抱了決死之心，唉。」

「他不想殺我，但又不能完成任務，驕傲如他者，故意死在我的手上。」

「……『中間人』，見我的氣勢，不戰而退，以待日後捲土重來，是世間絕頂聰明的人物。」「我雖然殺了『老不死』，但也被他震傷，而且也要追擊『中間人』，把他趕出中原……這兒的事，應該有變。文張是李鱷淚的心腹，他已飛鴿傳書通知李鱷淚你們發現祕密，所以才出動到『老中青』來殺你們……」

「不過『老中青』既然失敗了，上頭姓蔡的必會改變計畫，他一向從善如流，這對百姓及神威鏢局都有好處……剩下的李鱷淚，則由你們料理了。至於『骷髏畫』，找到之後，毀了吧。你們，則要爲國保重。」

簑衣人像告訴了幾句預言，說罷，拉拉笠緣，唱著未完的歌，走了。

他的人消失在茫茫的雪景裡。

豪放而帶悲涼的歌聲兀自傳來。

◇◇◇

他是誰？

他是如何知道冷血有難，才能及時趕到？他用什麼手法擊殺「老中青」的？

李玄衣都沒有問。

李玄衣耳際還迴響著遠去的歌聲，只問了一句：「是他？」

冷血望去簑衣人消失的盡處，頷首道：「是他。」

李玄衣沒有再問。只要知道是他，就一切都不必再問下去了。

冷血道：「我要去找一個人。」

李玄衣道：「誰？」

冷血道：「王命君。」

李玄衣不明白：「那個師爺？」

冷血點頭，望著茫茫白雪。

李玄衣道：「王命君雖是犯了罪，但他的事情並不嚴重，我們還是解決掉眼前的事再說。」

冷血道：「我找他不只是爲了他自首與否的事。」

李玄衣馬上省悟：「聶千愁？」

冷血道：「聶千愁是因爲他那一干弟兄背棄他，痛心疾首，萬念俱灰，才走上了魔道。明天，他勢必翼助李鱷淚，我既不想與他打這種冤枉仗，而且，也想撤去李鱷淚這個強助。」

李玄衣道：「你想勸誡王命君改過，向聶千愁認錯，使他重新對人性有了希望和信託？」

冷血道：「如果真的能做到，那是件好事，不過，我對王命君他們也沒有信心。」

李玄衣道：「要是你見他頑冥不靈，就殺了他？」

冷血道：「這次我不再聽你的勸告了。何況……」他望著橋墩上那一灘艷烈的血花，「明天那一戰，你我有多少還能活著的把握？要是我們都不幸遭了意外，讓王命君這種人逍遙法外，是不是多害一些無辜良民而已？他要是不悔悟，我非取他狗命不可！」

李玄衣默然。

冷血道：「你仍要阻止？」

李玄衣搖頭，「這件事了之後，我也要殺一個人，希望你也不要阻攔。」

冷血本想問他是誰，但見李玄衣也沒有準備要說的樣子，便道：「你現在？」

「我仍留在這裡，李鱷淚既東窗事發，只怕會對關小趣和兩個人證不利，我們不能兩個都離開這兒。」李玄衣道，「我想在天亮以前，神威鏢局仍是安全的。」

冷血同意。「看來明天李鱷淚會把部隊開到這鎮上來，那才是一場血戰！」

兩人都望著雪景，那麼皚然，那麼純靜，不知明天又是怎麼一番情景。

李玄衣忽道：「我不明白。」

冷血投以詢問的眼色。

李玄衣望著橋上的幾截竹子，道：「『老中青』要是三人聯手，殺不殺得了……？」

「我也不清楚。」冷血道，「也許，他們太過以爲穩操勝劵，不必勞師動眾，才分批前來，也不一定；或許，他們沒想到他會來，一時措手不及；也許『老不死』倉猝遇強敵死去，『中間人』卻又不戰而退，以苟全身，『青梅竹』爲報舊恩，不惜身死，種種都是意外……所以才使到他們沒有三人聯手，也說不定……」

他長吁一口氣道：「不過，這些都是猜測而已……誰知道呢。」

◇◇◇

入夜。李玄衣和關小趣正在談著話。

「……他養我、教我，都要我長大以後，做個頂天立地的人。我要學他一樣，當個好漢，便加入神威鏢局學經驗，他也贊成，還時時回來探我，我現在加入公門，恐怕他還未知道呢。……我一定不讓他失望的。」

說到這裡，嗖地一聲，一人已落於堂中。

李玄衣不用回頭，已知是冷血。

冷血冷峻的臉孔竟有了微微笑意。他走近火爐，火光在他臉上映了爐邊似的暖意。

關小趣忙掐了一杯酒給他。

冷血握在手裡，覺得暖暖，微笑地問：「談天麼？」

李玄衣道：「小趣在談他那位了不起的哥哥。」

關小趣關心地問道：「你去找王師爺，……？」

「真沒想到，」冷血很滿意地說，「王師爺真的帶那兩個衙差自首去了，我找到他，跟他說起聶千愁的事，他追悔莫及，說是聶千愁誤會了，他和樓大恐、彭匕勒等幾個弟兄不知多麼懷念聶千愁，要向他當面道歉，請他原諒既往，大家重敘一起……」

冷血欣慰的笑著。

李玄衣嘆道：「這就好了。」

冷血道：「我告訴王命君，聶千愁已經來了，大概就駐紮在鎮外，他高興得眼淚都迸濺了出來，要找留下的幾個弟兄去拜見他們以前的老大哥……我見他意誠，便告誡他一番，叫他不可再欺壓良民，自首服罪的事，暫且壓下再說。」

李玄衣道：「要是王命君他們真能使聶千愁改邪歸正，不失為戴罪立功，也可將功贖罪。」

冷血道：「但願他可以。」露出深思的神情，舉杯向李玄衣，道：「不殺王命君，如果能救了聶千愁，過去我殺的人多，實不如你抓人服罪為樂。」

李玄衣呷了一口酒，語重深長地道：「可惜，我也不得不殺人了。」

火爐裡的火一醒一烘的，照得李玄衣金一下灰一下的，一個灰黯的人卻似火舌一般跳動，很有點詭奇。

火光映出灰條條的人影，一撲一撲的，但人卻無比的靜。

這時候晚飯還未上來。高曉心一顆心忭忭地跳著，唐肯回來，她高興到現在，還沒有平息下來，使得她不禁問自己：難道唐哥哥比爹爹活著回來更重要？她一想到這裡，心就亂了，很多道德傳統的東西，使得她如果不想欺瞞自己就不要再想下去。

她果然不想下去，揉著衣角，時捻著髮梢，在逗唐肯說話。

「這些日子……你苦不苦？」

「不苦。」

「這些日子……你……有沒有受折磨？」

「不要緊的。」

「這些日子……你……」她本來想問「想不想我」，但女孩子家的嬌羞，又教她無法啓口。

「嗯？」唐肯望望樓上，忽省起高曉心好像沒有說下去，忙用鼻音打個問號。

「我就知道你一定會回來的。」高曉心快樂的說。

「我自己也沒想到真有回來的一天……」唐肯被話題勾起了回憶，「好險啊，可惜……吳兄弟還在牢裡。」

「你越獄後，爲什麼還要冒險的回來呢？」高曉心孜孜的在問，「你應該遠走他方才是啊。」

「局主回來，我便隨他回來了；」唐肯戇戇地答，「這個時候，我不能離開局主的。」

「你回來……」高曉心搓揉著衣角，反覆試用不同的角度去問，「有沒有特別想見什麼人？」

唐肯立刻嘆息道：「小彈弓也走了。偌大的鏢局，走的走，散的散……」

「還有我呀。」高曉心不高興的噘起了嘴，側過身去。

「就只好見妳。」一說完，就知道意思不對，高曉心掩臉抽抽泣泣的要走。

唐肯一把拉住她，急得頭髮著火似地道：「我是說……」

高曉心淚流了滿臉，心想：多少天朝思暮想，牽掛在他身上，沒料到他是那麼沒有心肝的……甩開他的手，但也沒有立刻走，「那麼不情不願，不要見我好了。」

唐肯沒有想到這一次鏢局蒙難，自小青梅竹馬的高曉心一下子已成長那麼快，已經完全是大姑娘的情態了。不過，他還是不懂得的，只情急地說：「我是要見妳的呀，我是要見妳的。」

他這句話，比什麼話都有力，慌亂中情急地說中了，像不諳射藝的人慌張亂射卻給他中了紅心，高曉心的淚不流了，但聲音仍是哭著：「誰知道呀！」又加了一句：「也沒心肝的，天天在外頭蕩，哪記得這兒的人了。」

唐肯說：「我一直惦著妳呀。」

高曉心拐彎抹角的語言，給他戇直直的一句話釘住了，也發作不得，破涕爲笑道：「你記我做什麼？」

唐肯以爲她仍在生氣剛才的事：「剛才我答話沒留意，在想別的事，妳別生氣。」

高曉心反而氣了：「跟你談話也是沒專心的，精神都往哪兒飛去了？」

唐肯還道高曉心是真的問，便據實說：「我在想，丁姑娘，她在樓上，不知找不找得到水洗面？」

高曉心一聽他前面六個字「我在想丁姑娘」，心中便是一痛，這絕大的意外她連想都沒有想過，唐肯真的在想那泥黏的女人，心像被人絞成一團，隨手一丟似的，丟的人還用腳踏行過去。

她外表倒像沒事的人兒：「丁姑娘自有丫頭服侍，蘭姊會打水給她，你這倒可放心。」

唐肯笑道：「是，是。」答得心不在焉。

高曉心見他一派語焉不詳的樣子，覺得心正在迅速地遞換季節，一下子在春季換成了冬季，要枯死了，忽然死裡求生的問了一句：「你當我是你什麼人？」

唐肯一愣，沒料她會有這一問。

高曉心故意在他面前展顏道：「唐哥哥，你知道我沒有兄弟，爹娘只我一個女兒，真希望有個哥哥。」心裡卻巴望唐肯回答不是。

唐肯爽快誠懇地說：「妳就是我的妹妹，我們自小玩到大，一直就跟兄妹一樣。」

高曉心頓覺自己的心比冰還冷，用不用爐火全沒意思，這些日子來夢魂牽繫，纏綿等待，本以爲苦，但回想還是最美的了，便笑道：「看你，也是泥巴團似的，快去洗個身子，才去見丁姑娘，不然，誰都要嫌棄我這個哥哥哩。」

唐肯又望望樓上，訕訕然的扒了扒頭。

這時正好丫鬟蘭姐走過，高曉心見她端著水盆毛巾，便問：「是拿去給丁姑娘的？」

蘭姐說：「是呀。已換過三次清水了。」

高曉心接過盆子，笑道：「我拿去給她便了，妳到廚房幫杏伯吧。」

回首跟傻呼呼的唐肯一笑道：「還不去洗澡，你的丁姑娘有你的妹妹服侍還不放心？」說罷盈盈上樓，火光把她的影子映在牆上，像仙女正在雲梯拾級返廣寒。

第八部　真相

一 容顏

高曉心端著水盆，往上走去，盆是熱的，心是冷的，感覺也是下沉的。

待經過房門，突然看見一位美人，正在捫鏡自照，這時候，窗紙的雪光映在銅鏡上，銅鏡的光映在女子的臉上，像黑窟裡用燭照在敦煌壁畫的人臉上；她正舉肘把黑髮捋盤在腦後，髮絲剛剛還是亂的，現在是蓬鬆的，衣袖因為上揚而摺到了肘部，露出的手臂白得像蘸糖的淮山，女子身上只披一件舒鬆的紗衣，因為剛沐浴過吧，有些地方濕了貼著玉肌，側背反著雪光一照，整個無瑕的胴體美得先令人繾綣，再令人遐思，鏡前還上了一炷香，香煙裊繞，雪意、鏡光、玉色、肉感，滲著淡淡的皂香，連高曉心都一下子，在活色生香裡忘了那是誰她是誰這是什麼地方。

丁裳衣聽門口有步履聲，停手不梳，側首笑喚：「高姑娘？」

高曉心這才端著木盆進來，說道：「丁姊姊。」這才發現那一張剛洗過的容顏，彎彎的眉毛，濕潤而根根清晰見底，紅紅的嘴唇，微微地笑了開來，像一葉舟在平鏡湖水中泛開，那麼優美，那麼嫵媚，連高曉心看了也動心，想親吻下去，那粉膩膩、脹卜卜的兩頰，薄紗內若隱若現微賁的玉峰，都使高曉心悵然自卑，自卑自己只是個黃毛丫頭。

這樣想的時候，她反而氣平了。

她把木盆放在桌面上，低聲道：「我掏水給姊姊洗臉。」卻見水中照出了兩張容顏，丁裳衣在近，敦圓敦圓的靨，白得就似水做的，自己在遠處，清秀清秀的臉，也似水做的；兩人都沒有顏色，給人感覺一個慵慵的艷烈著，一個盈盈的青春著，全然不同。

丁裳衣忽然握著她擰毛巾的手，側首自下穿望過去，問：「怎麼了？妳不開心？」

高曉心慌忙想掩飾，偏是眼淚不爭氣，篤地一滴落在丁裳衣粉細細的手背上，丁裳衣心疼地拉她的手道：「哎，怎麼難過了，怎麼難過了呢？」

高曉心委屈的想：妳哪裡知道，妳哪會知道呢！便拭淚說：「我太高興，高興得忍不住要哭。」

丁裳衣知道這是無法掩飾的措辭，便憐惜地輕撫她手臂，問：「妳爹爹回來了，自然應該高興才是呀。唐肯呢？他有沒有陪妳聊天？」

高曉心輕輕掙開她的手說：「他？他很好呀！」丁裳衣一聽到她這樣說和這樣說時的聲音，一時間，什麼都明白了。

丁裳衣一時也不知怎麼說如何說說什麼好，只撫撫她的頭髮道：「傻孩子，傻孩子。」

高曉心也知道丁裳衣知道了，用毛巾在自己臉上胡亂一抹，只說了一句：「丁姊姊，我希望你們好，我希望你們好，真的！」說著便掩面快步走了下去。

丁裳衣怔了半晌，只覺得一陣清風帶來了個可人兒，一陣清風又帶去了她，挽手插上了銀簪，想下去找她還是怎麼，忽然房門的光線一暗，一個魁梧的身軀已立在那裡，半句話沒說，但給人千言萬語。

丁裳衣放下了銀簪，瀑布似的烏髮又披了下來，她想了想，決定告訴他一些什麼，但她忽然瞧見了唐肯的神情。

唐肯的喉核在輾動著，神色十分奇怪，忽然笨拙的把她摟住，只說了一個字：「我……」就狂亂地親吻下去。

這時候，唐肯碩壯的胸膛正緊緊地貼著丁裳衣只隔薄紗的胸脯，這感覺的柔膩足以把整個唐肯燃燒起來，他的短髭鐵扎的刺在丁裳衣的腮上、額上、頸上，粗重的喘息起來。

這樣一個如癡如醉也如火如荼的時候，丁裳衣是一個成熟的女人，她也迷醉。

她闔著眼睛，如呻吟般，但清晰的說出了三個字：

「關飛渡。」

唐肯立即僵住。暢流飛快的血液也似在瞬間凝結了。他整個人都迅速冷卻，這冷卻跟剛才的狂熱恰成比照，使得他整個人顫抖了起來。

丁裳衣在這時輕輕推開了他，用袖子抹去他留在她唇上的唾液，這姿態真可叫唐肯一輩子心醉。

丁裳衣用眼睛睇著他。唐肯痛苦地道：「丁姑娘，我……」

丁裳衣用手遙指梳妝桌上的一炷香，說：「我一生裡，心只屬於一個人的。」

唐肯握緊拳頭，臉肌抽搐起來：「對不起……」

丁裳衣把雙手交在胸前，只是爲了不讓他再衝動，態度是極柔和的：「你沒有不對，我是殘花敗柳，任何人，只要他歡喜，我歡喜，我都可以跟他好，但是，我的心只屬於關大哥一個人的。」

她端視唐肯道：「你有高姑娘，高姑娘是個好女孩，她才是你的好伴侶；」她溫柔而低沉地說：「不要因爲我，而破壞了這一段我羨慕的好姻緣。」

唐肯只覺喉咽發澀，道：「我……」

丁裳衣已轉移了話題：「這兒還有沒有別家鏢局？……我是說已開了七、八年以上的大鏢局。」

唐肯想了想，好不容易的才道：「鏢局……老字號的只有這一家……其他的都做不住了……黎鏢頭另開了一家，也沒幾個月……」

這次丁裳衣有些愕然了起來，尋思一下，問：「那麼，你們鏢局可有位姓關的，二十歲不到的年紀，眉毛剔得高高的，眉上有一顆漂亮的黑痣……」

唐肯楞楞地道：「眉毛剔得高高的，眉上有痣……」這樣一個人物他是極熟悉，但因爲情緒還未恢復，一時還轉不回來。

丁裳衣只憑了最後一點兒希望地說：「……他的名字叫關趣。」

「關趣？關小趣！」唐肯跳起來道：「關小趣就是小彈弓啊！」

丁裳衣給嚇了一跳，順著唸下去：「小彈弓就是……」

唐肯比丁裳衣更驚奇似地：「小彈弓已投入衙門去了！」

「投入衙門去了？」丁裳衣又唸了一遍，「你是說……？」

「他去當捕快去了！」唐肯頗有點不以爲然的道。

丁裳衣匆匆進去，換衣，紮髮，提劍，出來時紫披風掩映藍勁裝獵獵英風，唐肯急問：「丁姑娘，妳要去哪裡？」

丁裳衣寒著臉道：「關大哥最放心不下的、最寵護有加的就只這一個弟弟，我決不能讓他受到任何傷害。」

唐肯想要勸阻，又不知該從何勸起，忽聽高風亮道：「丁姑娘，既然連我們都不知道那二、三個月來探他一次的漢子是關大俠，只怕差役、衙門和官府的人也未必知道，關小趣暫時應無大礙的。」

丁裳衣見原來高風亮夫婦都來了，不好意思硬要逆闖，道：「關大哥怕在外聲譽不好，不想讓他弟弟知道有個當盜匪的哥哥，便一直沒告訴他知道。」

唐肯傻楞楞地道：「怎麼我從來就沒撞見過關大哥？」

高夫人笑啐道：「你就只曉得去打牆挖洞，那個人來訪你看見過了？倒是小趣，嘴裡言語，都是極佩服他的哥哥的。」

高風亮接道：「其實關大俠是位大俠，也是位義盜，官兵恨他入骨，才把他詆爲盜賊，小趣年紀雖小，但是個明辨是非的人，關大俠其實又何必瞞他。」

丁裳衣嘆道：「關大哥總希望他弟弟將來的成就比他高……關大哥本來也是名門望族出身，因受小人陷害，才致家破人亡，關大哥也只好淪爲盜賊……但他總希望有一天他關家能出人材，光宗耀祖，光大門楣，吐氣揚眉，重振聲威。」

「丁姑娘，妳的心情我瞭解；」高風亮很誠摯地說，「先用過晚飯，我跟妳一起，潛去衙門……我想妳也沒見過小趣罷？有我引介，總會方便些。」

丁裳衣見高風亮夫婦盛意拳拳，何況今晚是他們局裡團聚的第一餐，她也不好意思再堅拒，說道：「好吧。」便回到窗前，插上一炷香，默禱起來。

高夫人低聲問：「丁姑娘是……？」

高風亮低聲截道：「關大俠已經過世了。」

「局主。」唐肯在一旁喚道。

高風亮見唐肯神色凝然，問：「什麼事？」

唐肯道：「晚飯後的行動，我也要去。」高風亮本來希望他能留下來保護鏢局的，但見唐肯眼色中的執意，也只好答應了。

暮色在窗外的雪白世界中染了一層灰意，又隱隱鋪了一層淡金，丁裳衣心中禱告：關大哥，我已把唐兄弟送了回來，只要安頓了小趣，我也就沒什麼遺恨了……

合當這時一陣風，吹得一扇未扣好的窗門支格作響，底下傳來一陣陣飯香，但彷彿那是人間的煙火，這兒是冷寞的天庭……

至少在丁裳衣心裡是這樣的寂意闌珊。

◇◇◇

衙裡的人雖然走避一空，但是還是不乏可吃的東西，三人在烤著肉，肉香使大家溫暖洋洋。

「你說那骷髏畫是什麼東西？」冷血道：「怎麼會令李鱷淚這般忌畏？又似乎跟神威鏢局有關？」

「我也不知道，」李玄衣道，「不過，我聽說『神威鏢局』的創立人高處石，跟當年的禮部尚書石鳳旋很有關係，但石大人跟傅丞相也有糾葛，李大人是傳丞相的親信，這事……可能有些關係。」

冷血嘆道：「官場的事，實在很複雜，稍一不慎，被捲入漩渦裡，要粉身碎骨的。」

關小趣大聲附和道：「官場的東西，我一點也不懂？」

李玄衣笑道：「你既不懂，還要當差？」

關小趣道：「就是不懂，才要當差。」

李玄衣道：「哦？」

關小趣眼睛閃著光芒：「我哥哥說，等弄懂了，好的就學，壞的就以身作則，激濁揚清。」

冷血笑問：「你那位了不起的哥哥，究竟叫什麼名字？」

關小趣道：「關飛渡。」

冷血和李玄衣一齊都「啊」了一聲，關小趣見他們臉色有異，正待要問，忽聽樑上一人道：「果然不愧爲捕王、名捕，還是給你們發現了。」

冷血和李玄衣臉色倏變，火舌一陣爆動，一人長身而下，屹然而立，正是長鬚玉面的李鱷淚。

他一出現，整間屋子都像小了、暗了，也矮了。

他背後翠玉色的長劍，和手指上綠玉戒指，給火光鍍上一層堂皇的橘色，他高大的影子在火光映擾中，像一個黑行人在飛躍，有時是神出，有時是鬼沒。

他臉上微笑依然。

「李兄，上次不知是名動八方、威震九州的捕王李玄衣，失敬之處，還請恕罪則箇。」

李玄衣淡淡地道：「上次，我也沒依禮拜見，亦請原諒。」

他倆一見李鱷淚在屋樑飄然而下，心中都大爲吃驚，要是李鱷淚偷施暗襲，只怕都難以猝起迎敵，卻不知李鱷淚以爲他們已經發覺，故現身出來。

他們都不知道因聽關小趣提到關飛渡乃是他哥哥之際，一齊「啊」了一聲，偏在那瞬間，李鱷淚隱身樑上，正要俯襲而下，手指剛搭劍鍔，卜地劍身剛露出半寸不到一小截，就聞那一聲驚呼。

李鱷淚以爲那拔劍的一聲輕響已教人發現，既沒有佔上猝不及防的優勢，便索性現身相對。

「李兄，其實你跟我可謂淵源極深，又何必如此客氣呢！」

「哦？」

「李兄和我，同在傅丞相麾下做事，是屬同僚之親；李兄的公子，又交予我撫養多年，我視之如同己出，直如血嫡之親；而今令郎遭神威鏢局和無師門的賊子殺害，我們更應該聯成一氣，敵愾同仇才是。」

冷血在旁聽見，震了一震，他斷未想到那李惘中原來是李玄衣的骨肉，李鱷淚只是代爲撫養而已，李玄衣和李鱷淚關係如許深刻，這是冷血始料不及的，然而李鱷淚又似才第一次和李玄衣碰面。

只聽李玄衣突然問：「惘中是不是私下屠殺獄中的犯人，製成骷髏畫？」

李鱷淚靜了一靜，答：「是。」

李玄衣又問：「惘中被殺的時候，是不是正準備對唐肯用刑，而且害死了關飛渡？」

李鱷淚考慮了一下子，答：「好像是的。」

李玄衣再問：「神威鏢局所失的稅餉，是你授意老不死和手下另一高手劫截的，是不是？」

李玄衣問得如此直接，連冷血也怔了一怔。

李鱷淚答道：「另外一人是易映溪。」

李玄衣問：「那些稅餉你都獨吞了，然後要無辜鄉民再繳一次，是不是？」

李鱷淚居然答：「是的。」

李玄衣道：「為什麼要陷害神威鏢局？」

李鱷淚爽快地道：「以前，石鳳旋得勢的時候，威脅到傅大人，而今，石鳳旋被流放了，當日的禍患，自然要剔除。」

李玄衣更直接地問：「高處石身上究竟有什麼祕密，使得你們非得之不心甘？」

李鱷淚負手，用悠然的眼色看了兩人一眼，道：「這祕密，只要我不說出來，你們一輩子也不會知道。」

李玄衣咳了兩聲，肯定地道：「但今晚你會說出來的。」

李鱷淚「哦」了一聲，揚眉反問：「我不說不行麼？」

李玄衣道：「除非今晚你不來，你來了，只有兩條路讓我們選擇：一是殺了我們滅口，二是收爲己用保守祕密。」

他補充道：「因爲我們已掌握了你太多罪狀、太多證據，太多祕密了。」

李鱷淚悠然問：「那麼，你要我選擇哪一樣？」

二 雙手劍

李玄衣不去回答他，反道：「你現在也只有兩條路選擇。」

李鱷淚道：「你說說看。」

李玄衣道：「一，便是殺了我們，殺了神威鏢局的人、殺了人證；二，便是自殺，或者回到京城向傅大人負荆請罪，任他處置。」

李鱷淚笑了：「你知道傅大人對交待下去的要緊事兒辦不好的人下場是怎樣的嗎？」他眼中突然發出了厲芒，與李玄衣眼中驟然乍起的銳光，觸了一觸。

李玄衣道：「所以，今晚不管你死我亡，你都該說說這祕密——反正，死的如果是我們，只把祕密埋進了黃土裡，如果死的是你，這祕密拆不拆穿，最多是牽連傅大人等，跟你無關。」

李鱷淚好暇以整地問：「萬一，是我殺了你們其中之一，另一個逃了出去，洩露了祕密呢？」

李玄衣冷冷地道：「反正說不說在你。」

李鱷淚忽道：「我最佩服你們一件事。」

李玄衣和冷血都沒有問，李鱷淚既然這樣說，必定還有下文。

李鱷淚果然說了下去：「聶千愁大概是聽了你們一番話罷，居然在生死關頭捨我而去。」

冷血道：「不是聽我們的話，而是他的老兄弟尋回他了。」

李鱷淚剔眉微詫地道：「他那干狠心的兄弟？」

冷血道：「他本來就是因兄弟背叛而心喪若死，才致助紂爲虐。」

李鱷淚垂首，他那翡翠劍鍔更亭亭玉立似的貼豎在他的頸後。

「你們可記得前任兵部侍郎鳳鬱崗？」

李玄衣和冷血都不知他這一問之意，只點了點頭。

「昔年，傅宗書、鳳鬱崗、諸葛先生是先帝當時身邊三大親信，只是，後來先帝殘害忠臣，割地求和，弄得天怒人怨，暴民造反，當時，這三位高人情知大勢不妙，屢諫不納，眼看朝廷傾陷，社稷垂危，他們自身難保，隨時遭下旨殺害，便策劃一場叛變——」

冷血和李玄衣沒料李鱷淚竟開口道出這一段非同小可而又驚心動魄的大事，一時都爲之震住。

「三人計畫周詳，準備一舉換朝易主，所以把三人所知皇宮內的一切布兵據點，盡繪圖中，並一齊研究在極迅速行動裡掌握總樞的竅門。這份祕圖爲三大高人對皇宮所知的畢生精華，至爲重要……」

李玄衣和冷血這時已隱隱感覺到那「祕圖」跟「骷髏畫」似有重大關係，但一時又掌握不到線索。

「可是，後來先帝猝然駕崩，親王繼位，三公見事有可爲，借少君之力重整紀綱，激濁揚清，便把叛變一事暫且擱下……那一張祕圖，關係重大，誰得之又掌握了實力兵權，便可依據此圖輕易覆滅脅制皇室，所以如此關係重大……當時，諸葛、傅、鳳三公，都信任石鳳旋，覺得祕圖毀之可惜，防他日意外之時可作不備之需，但又不信任給其中任一人保管，便建議請名師刺在石鳳旋身上。」

李鱷淚說到這裡，用閃電似的眼光一掃兩人，才道：「但石大人認爲最好還是鐫刻在一個對此事一無所知的人身上，更爲妥慎，於是，便薦舉鏢局局主高處石。故此，這一幅『骷髏畫』圖便刺刻在高處石身上。」

冷血問：「難道，這『骷髏畫』的圖形三公會記不起來嗎？」

「問得好。三人各在同款的畫面上刺下所知的記號，但爲求互相牽制起見，三圖卻仍未交彼此看過，局勢已改變；」李鱷淚答：「所以，三人都是知自己記下的要略，仍未看過對方資料，只有那刺青名師將三圖合併，刺於高處石身上，在刺繡過程裡三公都不在場，而高處石亦不知刺在身上是何物，只知道是事關國家機密的要件。」

「高處石爲人老實憨厚，所以大家才會選上他，這數十年來，直至高處石身歿爲止，的確無人看過他身上的詭圖；」李鱷淚補充說：「何況，除非三公同時在場下令看圖，任何人不得稍窺，高處石也曾發毒誓：如無法抵抗則自毀胸膛與圖同亡。」

冷血道：「我不明白。」

李玄衣接道：「既然如此，這要圖為何不刺繡在織錦或獸皮上更便於保存？」

冷血道：「我也是不明白這點。」

「原因非常簡單，皇城的鎮守常有褫換變更，如果待高處石身死尚無須動用此圖，則行軍、兵力、巡衛，重樞上必已有重大改變，此圖已無關重大，讓它與草木同朽便了。刺在高處石身上，以他武功，縱不能保護，也足以同毀！」

「可是……」

「可是人算不如天算，當今聖上據說近日掘得先帝的佈防圖，加上權臣蔡太師的勸說，覺得固若金湯，一定要按這種佈置設防，所以，這張圖的重要又大大加強了。」

「我知道了。」冷血道。

「你也說說。」李鱷淚笑問。

「聖上當政後，聽蔡京、傅宗書讒言，先誅鳳大人九族，只有諸葛先生仍受重用。」冷血道：「可惜道消魔長，聖上對傅宗書愈加重任，逆行倒施，禍國殃民，先生屢諫無效……若不是傅宗書發動干祿王叛變過早，為諸葛先生所粉碎，聖上當真要把國家大事全交給姓傅的手上……」

「由於干祿王叛亂失敗，傅大人愈發覺得非要有透悉皇宮的樞紐的先機和一擊必勝的把握方可進行……」李鱷淚接道。

「所以，他唆使聖上採納了他模仿先帝佈防的方式，然後再派你來取『骷髏畫』。」李玄衣也是傅宗書手下要將，他的推測自然也不偏妄。傅丞相之心，是承蔡太師之意，可以說是天下皆知，唯不知的恐怕只有皇帝而已。

「不過，傅大人只派我來神威鏢局行事，真正取回『骷髏畫』那麼重要的任務，還是交給『老中青』去辦……」李鱷淚苦笑道：「不過，沒想到這件事，因爲『無師門』的人劫獄，以至擴大，使得冷捕頭大駕光臨，因而又驚動了在京師的諸葛先生……」

李鱷淚正色問道：「那位頭戴深笠的人，一口氣摧毀了『老中青』，是不是——？」

冷血點頭。

李鱷淚一愣，長笑，笑聲簌簌震落九朵雪花，落在他的肩上：「這樣說來，老不死、青梅竹都死得不冤！」

冷血反問：「傅宗書也可以趕來助陣的。」

李鱷淚搖首道：「諸葛先生何許人也！他一早已布下使得傅大人無法啓程的計策……，這件事，因爲諸葛先生、傅丞相都是當日計謀推翻朝政的參與者，所以，誰也不敢妄動彈劾對方，只不同的是，而今，傅大人千方百計要獲『骷髏畫』以起事，諸葛先生生怕因而天下大亂，生靈塗炭，又怕蔡京等趁亂篡政，便則設法阻攔或毀滅之。」

李玄衣斥道：「如今敵軍壓境，民心不定，勇將盡折，正宜同心協力，共抗強敵之際，萬萬不可有叛變之事！」

李鱷淚看著他，嘆道：「其實，傅丞相算錯了一件事。」

李玄衣眼色裡問：什麼事？

李鱷淚道：「他看錯你了。」

李玄衣道：「他一向都很重視我。」

李鱷淚道：「可是，他以為你會為子報仇，順理成章的把神威鏢局和無師門的人格殺毋論，來助我一臂之力。」

李玄衣道：「可惜這件事，既不順理，亦不成章，何況，我迄此仍未見到殺我兒子的仇人。」

冷血一震道：「李前輩……」

李玄衣卻打斷問道：「為什麼叫做『骷髏畫』？」

李鱷淚道：「好，你問，我答。那幅畫，用的全是暗記，就算旁人看到，也看不懂，全圖畫的是一群骷髏，如赴盛宴，據悉，諸葛先生用的是盆杯酒器來作為暗記，傅大人用亭台樓閣標示重點，鳳大人則用宮燈山石、花樹湖橋來標明屯兵所在；骷髏畫一式三份，各塡上暗號，再交名師刺綴聚合爲一，刻刺在高處石胸前，刺青名師從此不見影蹤，祕密僅在高處石一人身上。」

冷血冷冷地接道：「高處石一死，就塵歸塵，土歸土了……」

李鱷淚道：「本來是這樣的。」

冷血即問出了那一句：「那你們還要掘墳挖屍尋殮布幹什麼？」

李鱷淚笑嘻嘻地道：「我一直都是有問必答，但答到這一句，只要我不說出來，你們所得到的一切祕密，都無法破解。」

「所以，你告訴我們這些，」李玄衣替他接下去，「以便你萬一不敵於我們，還可以留住性命。」

李鱷淚仍是滿臉笑容地說：「不過，你們一旦不敵於我，我可不輕饒。」

「你是非殺我們不可；」李玄衣直截了當地說，「因爲你已向我們透露了這麼多的重大機密。」

「如果我死了，這件事，我自然沒有必要爲傅大人守祕，這些年來，他雖一直栽培我，但我爲他拚生拚死，流血流汗，也已經還足斤兩了；」李鱷淚道：「如果我還能活著，那麼死的是你們，我告不告訴，都一樣。你們死了，這祕密，最多只能洩露給鬼知道。」

李玄衣道：「我還想問你一個問題。」

李鱷淚道：「看我能不能回答。」

李玄衣道：「你在這件事到底曾扮演了什麼角色，致令傅大人這麼信重你。」

李鱷淚居然微笑道：「當年，派去殺那刺青名師滅口的人就是我。」

李玄衣露出深思的表情：「當年，有一位刺青名師暗花大師，據說能在別人背上雕一隻白虎，月明之夜會離開人身到深山去長嘯；也雕過一隻巨鷹在人背上，天上鳥兒看到了，全部飛下來繞著哀鳴……」

冷血也聽過這樣子的傳說，接道：「據知這位暗花大師還爲人雕過一個男子圖像，使得長安的青樓名妓爲之瘋狂，迷戀得茶飯不思，因無法佔有男子背上的圖像，不惜聯手殺了那男子，再將之剁碎……」

「這樣的一位名師，原來是死在你手上。」李玄衣咳了一聲，吐出了這句話。

李鱷淚笑道：「要我親自出手的，都是名人；」他盯住李玄衣和冷血道：「你們兩位也是很有名的人。」他完全不把關小趣放在眼裡。

「究竟誰死誰生，誰也不知。」李玄衣咳著、皺著臉、大口喘息著，問：「在這裡，還是出去？」

他問的是在這裡還是在外面決一死戰，但李鱷淚的回答十分奇特：

「現在。」

「在」字一出，冷血倏然感覺厲風刺背！

在他驚覺之時，已無及閃躲！

但他的身子仍是騰了一騰，這一騰雖不能把背後一刺避開去，但卻挪了那麼一挪，這分寸間造成了很大的差別：

原本那一刃，是刺向他的背心！

刃貫背心，冷血必死無疑。

冷血這一挪，刃鋒變成刺入他的右胛肌去，那一刃，變成只把他重創，但並不能要了他的命！

不過出手的人實在是要命！

他唯恐一刺不能殺死冷血，左手指鑿疾撞冷血背部要穴！

冷血這時已出劍！

劍疾往後刺！

但指鑿已擊中他的「懸栖穴」上。

冷血哇地吐出一口血，劍已刺不出去，往側仆跌！

不過冷血那一劍已把偷襲者逼退！

暗襲者當然不是別人，而是關小趣！

關小趣一刺得手，本來要封冷血死穴，使其致命，沒料到冷血反應迴劍如此之快，他脅下也捱了一刺，急中疾退，指上僅有兩成功力擊中冷血要穴上。

關小趣這一下暗襲，是集中殺力向冷血施狙擊，而李鱷淚卻趁此全力格殺李玄衣！

他暴喝一聲，劍已自背項拔出！

拔劍之聲，何等浩壯，翡翠色的長鍔帶著雪玉般長劍出鞘，屋頂瓦片轟隆震穿了一個洞！

李鱷淚的劍甚長，他左手指著，蕩出護天劍影，罩殺下去！

李玄衣本來正對李鱷淚全神貫注，可是背後突來的狙擊，讓他分了神！

他想去救冷血，但李鱷淚的劍氣已至！

如果不是冷血——

他恐怕已是一個死人了。

冷血雖身受重傷，但他往側邊倒仆之時，仍及時用劍格住了李鱷淚的長劍。

只是負重傷的他又怎架得住李鱷淚這一劍！

所以他的劍脫手震飛。

李鱷淚怒叱聲中想刺出第二劍，可是李玄衣已攔在冷血的身前，一手扶著冷血。

他手中烤肉的鐵叉已擲了出去。

鐵叉刺穿關小趣疾退中的左肩，釘入牆壁裡。

他手無寸鐵。

可是他盯住李鱷淚頎長豪壯的身形和他手裡高貴淬厲的長劍時的眼神，就像一個隨時手一揮就有十萬兵甲百萬矢的大將軍一般！

李鱷淚也不急在一時。

他的計畫本是用話引李玄衣入神，再一舉驟殺二人！

而今計畫只是成功了一半。

他沒料到冷血在這樣的狙擊下和身負這樣重的傷還可以自保兼而救人。

不過，原本在傅大人的意旨裡只要剔除冷血一人——如果這裡只是冷血一人，冷血早都死了。

但是現在還有個李玄衣。

只是多一個李玄衣，他也不怕。

因爲他自信。

因爲他的劍法天下無敵。

天下無敵這四個字，任何人都不能亂用和濫用，否則，不是給人譏笑，就是被目爲瘋子，甚至有殺身之禍。

李鱷淚自知甚詳：他的單手劍法的確不能被稱爲天下莫敵。

可是他的雙手劍法的確沒有人比他使得更完美。

劍多用單手，雙手使劍是一種很少見的武藝——但天下這麼大，雙手劍法也是高人輩出，卻從來沒有人敢獨創一派，或自成一家。

因爲有李鱷淚。

他官高、武功也高，他不創幫立派，誰敢先他而起？

而且誰都知道雙手劍法是李鱷淚爲第一。

李鱷淚當然知道李玄衣武功厲害，已到了爐火純青，深藏不露，虛懷若谷，點石成金的境界了。

據悉李玄衣對任何巨寇大盜、武林高手，一樣可將之生擒，單止這一份功夫，李鱷淚就自嘆弗如。

——因爲殺人容易，生擒難。

譬如他要人暗殺冷血，就遠比把冷血這樣一個人活抓來得容易十數倍！

他更知道李玄衣能夠用身邊任何一草一物，化腐朽爲神奇，成爲利害至極莫能匹禦的武器，一個這樣有名的高手，到現在還沒有一種成名武技，但件件都是他的絕學，這樣的人，武林中仍活著的決不會超過三個。

李玄衣恰也是其中一個。

不過李鱷淚仍是胸有成竹。

他深信不消片刻，李玄衣的血，便會在他雙手劍下流乾流盡。

他仍是左手執劍，右肩聳了聳，故作瀟灑的問：「怎麼樣？」

三 雙李生死決

暮色把雪色添上一層灰意，鋪在白布上的塵埃，山上的雪和枝頭上的雪，像寬闊的古屋裡白布下罩著的傢俬，起伏賁陷，形狀都不分明。

反而天上的星星燦燦微亮，晶瑩可喜。

唐肯坐在後院子爬滿青苔的階上，托著腮呆呆尋思。

他在想：原來丁裳衣是討厭他的。她可以給別人，然而就是不給他……

想到這裡，他羞憤的想縮進衣服裡，又恨不得一頭撞死算了。

男子被女子拒絕之後，通常都羞憤多於一切，像吹滿了氣的球給扎了一針，真是心喪欲死，氣得只有冷笑才能抑制想哭的窩囊感覺。他可以原諒那女的但不能原諒自己，只有在摟另一個女子溫馴地依憑在自己的懷裡才可以減輕那種窩囊感覺。

「爲什麼要向她表達呢！」唐肯也這樣懊悔著：要是沒有表達，就不會有拒絕，只要是不會拒絕，一切就不會那麼尷尬不自在了。

他想著想著，只見一隻垂死的蚱蜢走過，交剪著觸鬚，警戒的試探著前路，許是被雨淋濕之故，反應並不怎麼敏銳，連躍動也不太方便似的，可是牠交磨著觸鬚長腿與羽翼的輕響，就像對唐肯發出諷嘲似的。

唐肯真想一腳把牠踩死。

當他狠狠地這樣想之時，忽又想到，天可見憐，說不定，他不殺這隻小蚱蜢，上天便會撮合他和丁裳衣，讓他有機會……

他想著又覺得自己庸人自擾，又好氣又好笑，但仍不禁抬頭望了望暮雪的天，視線是從繁枝交錯間望見灰濛的暮天，這樣看了一看，居然怔了怔，不知在近前的是什麼事物？定睛看才知是一棵巨大的老白蘭花樹，在這初寒時候，葉多落盡，但枝幹堅拔，而且開出很多很大的白蘭花，五瓣清白的花，中間淡黃的蕊，輕風吹來，每朵花都轉呀轉的，有的飄落下來仍在旋轉著，有的猶在枝頭旋轉。一樹的花都在頭上輕轉著，像一朵朵旋舞的雪，送來了淡淡輕香。

唐肯這樣看著，心情較好了，深深吸了一口，脫口說：「好香。」

這時，那蚱蜢已尋著了一個小洞，鑽了進去，唐肯俯首看著，小洞穴還浮著一對觸鬚，唐肯心忖：牠大概進錯了蟋蟀洞了，忽然，他就瞥見一對鞋尖。

絨繡黃花球藍布貼邊兒精繡的秀鞋。

唐肯一怔，抬頭，就望見月亮的光華，照著丁裳衣，月色般的臉。

唐肯只覺得像太陽照耀一般，臉上一熱。

丁裳衣微微笑問：「在看雪？」

唐肯抬頭這樣望去，丁裳衣渾圓的下巴滿滿粉粉的，像唐代的一個美麗仕女借月色迷了魂。

丁裳衣又問：「在賞花？」

唐肯只會傻呼呼的笑。

「可以坐下來嗎？」她問，可是她已經坐了下來。

丁裳衣和唐肯貼身而坐，香氣更濃郁了。唐肯感覺到丁裳衣的衣上很冷，從眼梢看去，她的臉如寒冰，要冷出玉意來。

她來做什麼？是來安慰剛才的拒絕麼？他在想，臀下的石階更冷冽。

「人就這樣奇怪，現在還活得好好地，下一刻，就什麼都不知道了，可能生，可能死，可能極樂，可能悲苦。」丁裳衣這樣說，低沉的暮意裡像炊煙般沉重。

唐肯覺得她安慰他的意圖更濃了，心底裡激起了屈辱的怒意。

其實丁裳衣拒絕了唐肯，梳好了髮，化好了妝，覺得銅鏡裡有一股黃光，瑩瑩澄澄澴在自己臉上，待俟近臉去看時，覺得一股寂意，湧上心頭。

這是一種怎麼樣的感覺呢？——臂上泛起的寒意，要滾熱堅定的手去溫暖；唇上微慄的單薄，需要熾熱的唇去溫熱；披下肩來寒漠的髮，需要有力的扭絞與搓揉。

江湖上很多孤單女子，在春衿夏被秋寢冬眠間，都生起過這寂寞的需求。

——自己不該拒絕他的……

——何況，今晚以後，明天還能不能活，是誰都不能預料的事。

她咬了咬唇，走到長廊，華燈初上，然而燭的黃光，掩不去窗外的灰意。

她盈盈走過，見到一扇房門開著，看見高曉心在裡面，頭枕在梳妝桌上，鏡面已碎。

可是她已睡了。

眼梢猶有淚痕。

她是向著窗外睡的。

窗外，朵朵的蘭花在小風車樣般轉著。

丁裳衣走近去，看見她純真的臉靨，疼惜而羨幸地注視了好一會。

然後她走過去，拂掉飄到窗沿的雪花，輕輕的掩上了窗。

就在掩窗的時候，看見樓下在石階上蹲坐著的雄偉大孩子，心中興起了下去看看他的衝動。

一個飽歷風霜的女子，在這個時候，看見一個熱誠真摯的孩子，心裡的感覺，像花落到流水上，不管送去哪裡都是難以自抑的。

可是唐肯不知道這些。

他以爲丁裳衣在同情他，而純粹是因爲同情他，才接近他，才分予他一點欲求上的滿足！

——他唐肯可不是這樣的人！

丁裳衣和他一齊併肩坐著看花。

又一朵花落，風車般旋舞著，向兩人送來。

丁裳衣用手一拈，拈住白蘭花。

她對花吹了一口氣。

花瓣又急旋了起來。

雪又降了，一朵朵，一片片，漫空都是，枝頭、瓦上、階前都是。

「進屋去罷？」

唐肯不知怎樣回答。

「我知道你在想什麼？」丁裳衣滿意地閉了閉眼睛，彷彿她已了然他心裡所思。

「我什麼都沒想！」唐肯忽然怒氣沖沖的站起來，咆哮道：「別以爲我是沒有人格的登徒子！妳這算什麼？施捨？同情？譏嘲？告訴妳，我都不需要！我是堂堂正正的男子漢，不需要妳來憐憫！」他大手揮去沾在他身上的雪花。

丁裳衣寒著臉，站了起來。

然後一揚手，給了他一記耳光。

「本來你是的，男子漢！」丁裳衣像冬風吹進門隙裡，「誰同情你、憐憫你？你瞎了麼？聾了麼？斷手斷腳了麼!?我施捨給你什麼？告訴你，我下來，是覺得我們可以在未知生死前，快快活活的樂一次，我不在乎這些，你會在乎麼？我喜歡你，才這樣想，才這樣說，然而，你自己卻把自己當成白癡楞子、殘障兒童！」

她冷哼一聲，走了。

唐肯怔住了，在庭院裡。

雪花開始聚積在他眉上、鼻上、唇上。

他覺得丁裳衣轉身去後，花都不香了。

他望天，星月映輝，才深覺夜幕已深，雪色分外明亮。

他跺足要追進去，忽一人急步走了出來，幾乎撞個滿懷。

原來是勇成。

勇二叔道：「吃飯了，一塊兒吃頓團圓飯罷。」

◇◇◇

李玄衣回答李鱷淚問的「怎麼樣？」是：「我想吃飯。」

李鱷淚一楞。

「如果吃了飯，天寒地凍，打起來，更有氣有力。」李玄衣解釋道：「菜是氣，飯是力。」

李鱷淚笑了，拍了兩下手掌，揚聲道：「來人呀，給捕王送飯來吧！」只見四周每一處可以擠得進人的地方，都閃現了持著兵器的人。

李玄衣心裡一數，少說也有近百人。

冷血悶哼道：「看來，今晚又要大開殺戒了。」他的傷口疼得厲害，別說百人，就算三、四人他也只怕無法對付得了，「奇怪，每次辦案，都要我殺個痛快才能完成任務似的。」他自嘲地說。

「這次你誰也不用殺；」李玄衣退守在冷血身前，搶著說，「由我殺。」

冷血用手撥開他，這一移動，感覺到傷口奇痛，傷勢顯然要比想像中嚴重，「你一向都不殺人，所以還是應由我殺。」

李玄衣道：「這次我要破戒一次。」

冷血道：「你不必破戒，一個李鱷淚已夠你忙的了。」

李玄衣笑道：「好，我殺的不是人，是鱷魚，吃人不吐骨的老鱷魚！」

冷血忍痛道：「老鱷魚夠好，但仍不及小鱷魚狡！」

李玄衣望向傷口也在流血的關小趣，一字一句道：「好個關飛渡關大俠的弟弟！」

「他是關飛渡的弟弟，」李鱷淚笑道：「不過，他一旦知道他哥哥是個通緝犯，不名譽的死人，他爲大好前途，早就投靠官府這邊了。我叫他充個英雄模樣，你們見了，果然叫好，他武功雖然不高，但幾乎一出手就能殺了你們，所以腦袋永遠比手上功夫重要！」

「你佈的確是一步好棋！」李玄衣冷笑道。

李鱷淚笑道：「沒有必勝的把握，我是不會親自出馬的。」

李玄衣咳著道：「你還沒有全勝！」

冷血接道：「我也還沒有死。」

李鱷淚揮手道：「好，就讓我全勝，你們死！」

他的手一揮，手下一擁而上。

冷血的劍電殛中靈蛇般的震起，飛噬李鱷淚喉身五處要害！

李鱷淚沒料到冷血重傷之餘，出劍還如此凌厲迅疾，倉忙間以劍封招，仍被逼退五步！

李玄衣這時也已發動了。

他左掌拍向李鱷淚。

李鱷淚右手劍在應付冷血的急攻，倉猝間以左掌接了李玄衣一掌。

他做夢都沒有想到李玄衣的掌力是空的。

他那一掌猶如擊在空的牆上。

然而力已發出，「牆」是空的，加上冷血那五劍壓力奇大，李鱷淚收勢不住，跌撞向左邊！

左邊是衙府內室。

這內室是押待審重犯之用，處於衙府之咽喉地帶，只有一處入口。

李鱷淚跌步往那密室裡去。

李玄衣右掌往李鱷淚背後五處要穴拿去！

李鱷淚身子猝然加急，藉勢投入室內，避過李玄衣一抓，劍已劃出！

室內掠過一道青虹！

跟著一抹血虹。

李玄衣襟上已多了一道血痕！

但他立時搶進！

李鱷淚一到了室裡，發現全室四周密封，立時疾退！

李玄衣已在門口。

門口極窄，真是一夫當關，萬夫莫入。

李鱷淚只有硬闖。

李玄衣劈面又是一掌。

李鱷淚硬接一掌，他想硬接一掌之後，以凌厲的劍勢先把這個癆病鬼強敵摧毀再說！

可是他決想不到這一掌的威力是如此之鉅！

他才接下一掌，只覺血氣一陣翻騰，連退三步，強提運氣，正待運氣反擊，但不運氣還好，一旦運氣，只覺星移斗換，又蹌踉退了七步，強自立穩，但雙腳似毫不著力似的，上身彈跳而起，倒踩八尺，砰地背部撞在牆上。

這一下，李鱷淚總算知道了李玄衣的功力非同小可。

只是李玄衣也捱了他一劍。

李玄衣一步步走了進來，關上了門。

他要與李鱷淚作困獸之鬥。

外面李鱷淚人多，決不易制之。

若制不住李鱷淚，他們更連半分生機都沒有了。

可是他要與李鱷淚分出勝負，至少也需一段時間。

這時間要多久？問題是：冷血能支持得了多久？

李鱷淚也明白這點。

他知道冷血必苦守著門口，而依這地方形勢是無法群攻的。

他一定要激勵士氣，好讓手下以排山倒海的車輪陣擊毀身負重傷的冷血。

所以他在門未關上前揚聲道：「全力攻入，報名殺敵！第一個殺冷血入內的人，日後就是我的副使！」

他的話一說完，外面傳來哄哄而壯烈的回應：「遵命！」

這共同浩烈的回應，使得李玄衣感覺到對方士氣如虹，而身受重傷的冷血實在無法撐持得住這等驃狠的攻襲。

門已關上。

他面對李鱷淚。

李鱷淚一手持劍，端視著他。

室內沒有窗，只有燭，兩盞燭光。

室內沒有什麼擺設，都是磚石砌的牆，牆裡有鐵枝鋼筋。

燭火輕晃，使得整個室內像船映水光一般微微晃漾。

——哪一根燭火會先熄滅？

——冷血在外面可應付得了那如狼似虎的攻擊？

四　聖旨

吃過晚飯之後，神威鏢局點上了多日已未點燃過的華燈，換上勁裝，聚啇在圓桌前，高風亮分配好一切，目光如炬的道：「我們可以出發了罷？」

唐肯望向丁裳衣。

丁裳衣微微笑著，在她身上縱是戰陣殺伐也變作了清華貴氣。

高風亮道：「好。」轉身跟淚光盈目的高夫人說了幾句。

那自然是江湖漢子待旦一擊前的生語死囑。

唐肯忽覺衣角被人牽了牽。

他轉首見是高曉心。

高曉心前淚未乾、新淚又盈。

她溫婉地把頭依在他肩上：「我知道，剛才，是我不好，唐大哥，就算你待我不好，我還是一樣要待你好，我剛才想通了，你當我是妹妹，那還是疼我的，想念我的，我也想念你，我一生一世都想念你。」高曉心語音堅清的說。

唐肯聽到她天真爛漫而真摯誠心的聲音，覺得自己負了她又欺騙了她，感覺到心裡很愧疚。

只見丁裳衣手捧著一炷香，在簷前插上。那風姿從背側影看去，舉手投足都有決絕無依的悲愴。

高風亮拍了拍高夫人抽搐中的肩膀，咳了一聲，揚聲道：「走吧。」

走，人生總要向一個地方走去。只是此去，還能見否？

生死知否？

可悲的是既是人，就不得不繼續前行。

◇◇◇

冷血背貼著門。

如果李鱷淚自門內一劍刺出來，以他現在的姿態就非死不可。

但他更非這樣守著不可。

因爲李玄衣不能敗。

李玄衣如果敗了，不但他倆都得死，連同神威鏢局的人都會被毀滅，青田縣的人也遭殃。

他相信李玄衣決不會讓李鱷淚刺出這奪命的一劍。

他守著的地方，只有一處甬道，一個入口。

甬道僅七尺。

敵人要攻入密室，就得正面攻來，跨過他的屍身進去。

誰要跨過冷血的屍身，都得付出代價。

酷烈的代價！

可是李鱷淚在門關上之前叫出那一句，無疑極有吸引力。

在李鱷淚身邊能昇到一人之下，萬人之上的角色，誰都願意以性命冒一次險，來換取榮華富貴夢寐以求的代價。

一陣騷亂過後，第一個人大步踏出，手持戒刀，大聲道：

「『佛燈戒刀門』卞星文，前來領教。」

冷血點頭為禮。

他傷已重，不想多說。

卞星文戒刀一拱，七刀一招，一招七變，招招狠辣毒絕。

冷血劍光挑起，「嗤」地刺入卞星文咽喉，卞星文掩喉倒地。

另一個精壯漢子，手持月牙鏟，踏步而出，洪鐘般的聲音道：「『移山填海』同伯案，前來討教。」

冷血以三招間便刺倒了他。

又一個剽悍漢子步出，揚聲道：「韋陀門利擔山來了！」牛頭鏜迎頭擊下。冷血以五招重創了他，但虎口亦被震裂。

到了第七名挑戰者「沉痾教」的尚風雲被刺殺之時，冷血傷口血流不止，已感支持不住。

俟第十一名挑戰者西崑崙匕小金之時，冷血身上又多了一道傷口，才殺得了他。

冷血本來就傷重，情形是愈來愈危急。

密室的門，卻仍沒有打開來。

第十二名挑戰者戈大山揚著一丈槍出來時，冷血的臉色愈蒼白，戈大山臉上的獰笑愈濃烈。

忽聽一人道：「我代你一戰又如何？」

聲音響自戈大山背後。

戈大山霍然回身，只聽一聲怒嘯。

嘯聲中，戈大山金槍節節斷裂，肋骨一陣格勒勒亂響，已被摔出甬道之外，撞及數人飛跌出去。

來人一頭黑髮，樣子十分矍鑠凌厲。

冷血笑道：「你來了。」

聶千愁道：「你受傷了。」

冷血道：「要是決鬥，你來得真不是時候。」

「不。」聶千愁道，「我來得正是時候。」他的聲音很溫暖，「你使得我的兄弟回心轉意，痛改前非，我代你這一戰又如何？」

冷血還沒有回答，第十三名挑戰者已揮舞著酋矛飛刺過來。

聶千愁立時反擊。

他在怒嘯中出手，那人也在怒嘯中斃命。

直至第三十一名挑戰者跨出來的時候，聶千愁身上已開始流血。

到第三十九名挑戰者倒下時，他已身受七、八道傷。

冷血叱道：「讓我來。」

聶千愁喘息著笑道：「你又比我好多少！」他一手扭斷了來人的脖子，但也吃了對方一腳，足足吐了三大口的血。

第四十一名挑戰者持著虎尾鞭攻上。

冷血想替聶千愁擋這一陣，但甬道狹窄，無法越過。

忽然間，外面一陣騷動，交手之聲不住傳來，冷血持劍闖出，聶千愁固守密室。

只見大門內高手正與幾名夜行人苦戰。

冷血只覺得一陣生死同心的喜悅，叫道：「你們來了！」

高風亮揮舞大刀，斫倒一人，也喜叫道：「我們來了！」

高風亮、丁裳衣、唐肯、勇成都來了。

江湖人的快意豪情：雖然心中都有牽掛，但只要與朋友併肩，同甘共苦，縱戰死也毫不退卻。

李鱷淚帶來的有近百名帳下好手。

這近百名公門好手中不乏武林名手。

不過，其中武功最高的聶千愁反戈相向，易映溪、言有信、言有義也先後斃命，連「福慧雙修」也傷了，使得這干人的陣容大打折扣。

但冷血和聶千愁也已近強弩之末。

對方至少還有五十名好手。

高風亮、丁裳衣和唐肯、勇成等衝殺了一陣，對方至少倒了十人，但是四人也傷得不輕。

就在這時，忽然外面浩浩蕩蕩，一群鮮衣甲冑的官兵走了進來，兩旁站開，一人雙手奉著一錦盒，堂步踏入。

這人竟是小吏文張。

爲首的武官喝道：「住手！接旨！」

皇帝的聖旨比什麼都有用，剩下的四十餘名番子，全跪了下去。

剩下的冷血、高風亮，聶千愁、丁裳衣、唐肯、勇成面面相覷，但天命難違，都跪了下去接旨。

這樣一個昏庸的皇帝，一向草菅人命，這次下的又是什麼旨意？

只是除了地上的死人，爬不起來的傷者，還有密室裡不知生死的兩個決戰者之外，所有的人，都得跪在地上接旨。

◇◇◇

聖旨只有在承認它的人心目中，才有份量和意義，對一些人來說：譬如死人、化外之民、漠視朝廷的人就起不了任何作用。

就聽不到的人來說也一樣。

李玄衣和李鱷淚的對決比他們想像中還要劇烈。

李玄衣赤手空拳，卻專攻對手身上的一些不重要部位及難以禦防的地方。

兩人戰了半個時辰，李鱷淚左耳給扯掉，血流如注，左腳尾趾被踩斷，右腳後跟及拇趾被踢碎，右臂被踹了一腳，左手尾指折斷，頭髮也被扯去一大片，鼻尖也給擦傷。

他身上掛彩雖多，但元氣未傷。

他的劍本來只有單手執住，無論劍法如何周密、凌厲，總傷不了李玄衣。

可是，當他雙手同時執劍之時，情勢就全然不同了。

無論李玄衣如何跳走、迴避、閃躲、騰躍，都躲不了雙手劍的追擊。

李玄衣在這重要關頭卻做了一件事。

他踢翻了桌燈。

室裡只剩下一支燭仍亮著。

他撲向那支燭光。

李鱷淚生恐他連最後一支燭火也弄熄，連忙迴劍兜截。

劍風凌厲。

李玄衣突然遠遠閃去。

劍刺空，劍風滅燭。

室內登時一片漆黑。

李鱷淚中了李玄衣的計，自己的劍風替對方滅了燭。

在黑暗裡，誰都看不見誰。

李鱷淚一直枯守，但對方毫無聲息。

李鱷淚終於忍不住，他揮劍，從身邊舞起，決定要把這密室每一寸地方都逼死，只要李玄衣還在室內，他就一定能把他刺成麻蜂窩般的窟窿。

劍仍在李鱷淚手上。

所以他很放心。

密室充溢著劍風。

劍風下，兩個人在黑暗的生死間徘徊。

——誰死？

——誰生？

◇◇◇

連冷血也想不到。

高風亮、唐肯等人斷沒料到有這樣的一個意外。

意外。

皇上的旨意是：已經查明了劫餉案件，神威鏢局的嫌疑乃屬冤枉，真正監守自盜者係李鱷淚陰謀主持，是故下令冷血、李玄衣等捕獲此人即就地正法，至於青田縣的年稅亦不必再繳，只囑各部負責人儘快起回銀兩，送返朝廷便是。劫獄拒捕的情形，全由「無師門」領袖關飛渡策動，跟他人無涉，關飛渡既已歿，事亦無需追究。還有「神威鏢局」的人忠勇護鏢有功，被冊封為「護國鏢局」，局主高風亮赴京聽封，追加勛銜。其他李鱷淚手下參與其事者，皆因不知者不罪，並將功贖罪，擒殺李黨餘孽為責。

聖旨裡還提及這件事得以真相大白，全因丞相傅宗書明查暗訪，才得以昭雪沉冤。

李鱷淚的官位雖高，但再高也抵不上半個傅宗書。

何況這是聖旨！

局勢急遽直下，李系人馬中，再沒有半個敢動手，人人都想置身事外，且恨不得把李鱷淚抓來碎屍萬段，以洩心頭之忿，以表自身之清白無罪。

最意外的是高風亮。

他本來是個通緝犯。

「神威鏢局」已經倒了，亡了，欲振無從了，可是突然之間，局勢改了，「神威鏢局」居然變成了「護國鏢局」，且竟變成國營了，自己也變成了官，這剎那間的「起死回生」，高風亮驚喜之餘，只懂得把頭如搗蒜泥般的叩著，大喊：「皇上聖恩，皇上聖恩，萬歲萬歲萬萬歲。」

然後他跳起來，忘了身上的傷，像一隻麻雀般蹦跳，抱著唐肯，像告訴天下人似地道：「皇上真是聖明，皇上真是聖明。」

「皇恩浩蕩，我一輩子都報還不了。」

又說：「傅丞相真是明察秋毫，真是英明賢良！」

唐肯自然也很高興。

只有丁裳衣呆住了。

皇帝的旨意十分明顯，除了爲這件事翻案外，便是平息民憤，把罪魁禍首全推到李鱷淚的身上，至於別的事，也歸到關飛渡頭上來，反正關飛渡已經死了，這事自然也不了了之了。

可是丁裳衣知道關飛渡沒有犯過這些罪狀，他在牢裡因扶危濟弱而給李鱷淚的手下害死的。

她不能承認這些。

她不能讓關飛渡死後蒙屈，永不得伸。

她揚聲叫道：「不是關大哥……關飛渡沒有罪！」

眾人都望向丁裳衣，都帶著輕蔑和敵意。

高風亮忙道：「丁姑娘，別亂說話！」

丁裳衣道：「劫獄的是我，跟關大哥無關！他劫富濟貧，因誤傷平民而自首服刑，從沒有叛變朝廷之心！」

高風亮截道：「丁姑娘——！」

文張皺眉叱道：「不識時務……膽敢違抗聖旨！」

李鱷淚剩下的部屬和文張帶來的人，已準備向丁裳衣圍迫過去了。

唐肯忙道：「丁姑娘……」

丁裳衣斬釘截鐵地道：「不能讓關大哥含冤莫白於九泉的。」

高風亮叱道：「丁姑娘，皇上聖明，這事待慢慢再查，妳不要剛愎自用，自誤前程！」

丁裳衣徐徐回首，用一種冷漠的眼色，像從來沒有見過這個人似的看著高風亮，道：「你現在得償所願，沉冤得雪，別人的冤屈，當然不必再查了。」

高風亮脹紅了臉，叱道：「胡說！」

這時眾人已向丁裳衣圍了上前，就等文張一聲令下。

唐肯忽跳過去跟丁裳衣併肩而立。

丁裳衣心弦一震，低聲叱道：「走開！」

唐肯大聲道：「我不走。一路上，我們都是在一起的。」他理直氣壯地說：「現在，也是在一起。」

丁裳衣只覺心頭一陣感動，這種感覺，除了對關飛渡生起過之外，對誰都沒有這樣子的親近。

然而，現在她又感覺到了。

冷血忽叫道：「丁姑娘，妳——」

丁裳衣道：「你不必勸我了。」

冷血忽踏近一步，到了文張身邊，文張唬得退了一步，但冷血已在他耳邊低聲說了一句：「我知道，傅丞相因爲曉得諸葛先生正插手此事，收集證據，便順手推舟，作個好人，裝得大義凜然恭請聖上下旨制裁李鱷淚等人，你也通風報信有功——」

文張低聲道：「你要怎樣？」

冷血疾道：「丁姑娘也是諸葛先生的人。」

「哦？」文張臉上現出遲疑之色，終於揚聲道：「逆賊關飛渡是否蒙冤的事，我會稟上去，伏請聖上再派賢能稽查，這件事，暫且就這樣子，請耐心等候吧！」便跟同來的人站在一旁，剩下的李鱷淚手下，人人面面相覷，不知冷血要如何處置他們。

冷血只覺一陣昏眩。

他流血確已過多，要不是聶千愁前來助陣，他早就無法捱得住了。

聶千愁傷得也不輕，但他笑著拍拍冷血的肩膀，道：「你的恩義，我還清了。」手裡塞給冷血一件事物，附耳低聲道：「這幅骷髏畫，我因不值李家父子所為，趁劫獄之亂，順手牽羊，把它取走，以免再有剝皮慘事發生……我也不知道這要來作什麼？不過大家似乎都在找得緊——就送給你吧！」

冷血心中感激，揚聲問：「你——？」

聶千愁已蹣跚走出衙門，背影悽寒，不回頭地拋下一句話：「我去找我的兄弟去。」哈哈一笑，說道：「因為他們是我的寂寞，我的豪壯。」唐肯本要前去攔住聶千愁報殺袁飛之仇，但聽他這兩句話，一時怔住，沒及出手。

「一朝是兄弟，一生是兄弟。」當說到這兩句話時，他的身影已消失在雪地上。冷血茫然一陣，忽聽密室的門碰地一聲，打了開來！

五 曉雪

黑暗的密室內，交手只一招。

李鱷淚感覺到李玄衣飛身過來。

李鱷淚立即出劍！

他這一劍懷著必殺的氣勢！

「哧」地一聲，劍刺入李玄衣腹內。

李鱷淚正大喜之際，李玄衣竟直逼而來，劍鋒穿過身體，但在這瞬息間李玄衣已制住了他七大要穴。

李鱷淚長噫一聲，癱瘓了。

李玄衣竟拚著身體被劍貫穿，來生擒他。

他長嘆道：「你殺了我吧。」

李玄衣咳著，艱辛地說：「我無權殺你。」

李鱷淚聽到李玄衣身上的血滴落地上的聲音。「原來你拚起命來……比冷血還狠！」

李玄衣呻吟道：「你的武功高，我不犧牲一些……斷斷擒你不住。」

李鱷淚喘息道：「以你武功，要抓我，是不容易……但要殺我，卻不難！」

李玄衣嘆息道：「怎麼你們這些人……動不動就說要殺人，連對自己的性命也不例外？」

兩人在黑暗中雖看不見彼此，但都很惜重對方。

李鱷淚好半晌才問道：「你一生中……難道……從來沒想到要殺誰？」

「有……」李玄衣沉痛的道：「有一個……」

話未說完，他已打開了門，把李鱷淚押了出去。

李鱷淚的部屬見主腦已就擒，更不敢有異動，冷血眾人見李玄衣勝，自是大喜，忽見他腹中還嵌了一把劍，大驚掠近，疾戳李玄衣傷口附近數穴，再拔劍敷藥，消毒療傷。

李玄衣苦笑道：「我……我擒住了他！」

文張忽喝令：「殺了！」

隨來的人都拔刀撲上。

李玄衣怒叱道：「住手！」

大家都停了手，轉頭望向文張。

文張沉下了臉，問：「爲什麼？」

李玄衣昂然道：「人是我抓的，我要把他押回京城，依法審訊！」

文張冷笑道：「你敢違抗聖旨？」

李玄衣一愣，冷血向他點了點頭，道：「聖旨剛下過，勒令斬殺李鱷淚。」

李玄衣一陣迷茫，一人閃身而至，一刀扎入李鱷淚後心，李鱷淚長嗥一聲，真氣一衝，所封的穴道竟全被撞開，返首瞪視，見是關小趣，睚眥皆裂地道：「你們，要，滅口——！」

但關小趣對準他心口又刺了一刀，李鱷淚血濺當堂，終於慘死。

李玄衣和冷血知道傅宗書的用意，此事既然功敗垂成，是要殺李鱷淚滅口，卻不料李鱷淚也早有預感，把內情已向他們透露泰半。

李玄衣瞪視關小趣，怒道：「你這小人！」

關小趣退了一步，道：「我是聽旨行事。」

冷血逼前一步，此際，他倒真想殺了這個卑鄙小人，但忽聽丁裳衣叫道：「小趣！」原來唐肯已向丁裳衣提起這人就是關飛渡的弟弟。

關小趣見一個粉妝玉琢的女子喚他，也不知是誰，高風亮道：「小彈弓，她就是你哥哥關飛渡的紅粉知己丁姑娘，令兄……託丁姑娘看顧你。」

關小趣知道李鱷淚向李玄衣等道出骷髏畫的祕密，一旦事敗，一定會殺自己滅口，所以借聖命先下手爲強，誅殺李鱷淚，也知道冷血等不會放過自己，見敵對群中居然有個「自己人」，忙喜而趨前道：「丁姊姊，大哥跟我提起過妳。」

冷血見此，知道丁裳衣執意保護關飛渡的一切名譽親屬，也不想節外生枝。

文張見自己任務已經完成，揚聲道：「擺駕。」便跟同來的人揚長而去。

李玄衣止了血包紮好傷口之後，把李鱷淚的部下分批遣走，還打點好衙裡一切，跟鄉民交代清楚，他是公門中人，對這方面自是熟稔有餘，加上冷血從旁協助，倒是駕輕就熟。

他們想到每日誠惶誠恐的鄉民以為限期將到，方知是免繳，那種驚喜之情，李玄衣和冷血看在眼裡心中都有了安慰。

到半夜他們才回到「神威鏢局」，李玄衣、冷血二人受傷都重，互相扶持，偎近鏢局，就聽到高風亮喜氣洋溢的聲音：「來呀，快快把招牌換上，咱們這裡，是皇上賜封的鏢局啦。」

「勇師弟，快把這一帶裡裡外外的江湖朋友，鄉紳父老的名冊拏來，咱們明天就發帖子，大大鋪張一番。」

「皇上真是聖明，皇天有眼，我終於沒辱沒了先父留下來這當家業！」

李玄衣和冷血見高風亮渾忘了傷勢與疲憊，在指揮吩咐家人張燈結綵，心中都不免有所感觸。

冷血道：「這麼多條人命，這麼大的冤屈，這麼久的亡命，一個聖旨下來，追封補過，便什麼都記不在懷裡了。……無怪乎人說：平民百姓的生死還敵不上達官貴人的一個噴嚏。」

李玄衣勸解道：「高局主不記仇，不記恨，感恩不記怨，那是他君子之風，海量汪涵。」

兩人步近大門，忽聽唐肯問高風亮：「局主，吳勝……吳鏢頭還在獄裡，不知……」

只聽高風亮不悅地道：「這就別管他了！皇上自會派人查明，遲早定必放他出來，急也沒用啊！」

唐肯囁嚅道：「可是……吳鏢頭跟我們是同案的，照理應該也一併獲赦才是……我們要不要派人去查查？」

高風亮沒好氣地道：「查？皇上已說過要查，咱們還多事，萬一激怒了皇上，大家可沒好日子過！」他這段期間過了好一大段壞日子，可想起來都心驚。

冷血向唐肯招了招手，高風亮因忙著指揮張燈結綵，沒注意到冷血等來了；唐肯引冷血和李玄衣上了樓，斟了杯熱茶，笑得傻呼呼地說：「我去請局主上來。」

冷血忙道：「不必了。他……也正在忙嘛。」

這時，忽跳出一名女子，清麗可喜，正是高曉心，唐肯為她介紹過了，高曉心拿出一塊微微泛黃的白布說：「這是那些官差一直要找的東西，卻不知有什麼用途？」

李玄衣哦了一聲，道：「是老太爺的殮布罷？」

冷血苦笑道：「我們也不知……」心中一動，掏出了聶千愁臨行時塞給他的卷軸，張開來一看，只見這張人皮上繡著大大小小十來個白骨骷髏，正赴一個豪華酒宴，但見山石亭榭，都未繡得齊全。

高曉心微呼一聲：「好恐怖……」

冷血知道手裡拿的是幾個無辜漢子湊在一起的人皮，又不知有什麼用途，心裡難過，把手往桌子一放。

不料，「骷髏畫」和殮布疊貼在一起之後，竟發出了磷光，冷血忙把兩張畫皮對角揚起，往燈下一映，只見折邊大小完全吻合，而且在骷髏上出現了很多磷光記號，周布於畫上。

李玄衣讚嘆道：「暗花大師不愧爲刺青名師，人已埋葬多時，但殮布緊裹，只要據記憶織畫於人皮上，疊合後暗記仍可出現，實在是鬼斧神工！」

這幅「骷髏畫」是傳宗書憑記憶要李惘中織就的，當然與刺在高處石胸膛的畫大同小異，而今殮布一旦貼上，竟有了一種奇異的作用，那些表示著皇宮防衛的暗記全都隱現出來了。

冷血喜道：「我把它送回給諸葛先生……」忽把殮布和畫塞到高曉心手裡，側耳細聽。

只聽樓下傳來一陣緩慢的馬蹄聲，到了「神威鏢局」附近的巷子裡，「噗」地一聲，似一人自馬上摔下。

冷血和李玄衣都掠起，撐開向南的窗子望下去，只見巷子裡有一匹馬，馬背上沾著血，有一個人，撲倒在雪地裡，雪地染紅，怵自驚心。

那人披著一大把黑髮。

李玄衣和冷血對望一眼，翻身下去，扶起那人，驚道：「聶千愁！」

那傷者已奄奄一息，正是「白髮狂人」聶千愁！

聶千愁的口裡、鼻裡、耳裡，都不住地滲出黑血來，吃力地睜開雙眼，艱辛地道：「……我的……兄弟們……王命君他們……騙去了我重新煉製的『三寶葫蘆』……就下毒……我……好恨啊！」

陡發出一聲孤獨的厲嘯，聲至此絕，溘然而逝，滿頭烏髮又逐漸變白。

冷血緊緊握住聶千愁漸漸冷涼的手，大聲道：「我一定爲你報仇！」他深深內疚：覺得聶千愁之死，皆因自己一心替他叛離的弟兄撮合，結果，王命君等人死性不悟，害死了聶千愁，還獲得了新煉造的「三寶葫蘆」！

這時，唐肯也跳了下來，見聶千愁血染雪地，一時呆住了。

李玄衣向冷血道：「我跟你一起去追捕王命君……你去取回骷髏畫和殮布，我和唐兄弟把聶千愁埋好再說。」

冷血心中既寂然又憤然，道：「好！」飛身上瓦，正要穿入樓閣，忽想到李玄衣腹部被一劍洞傷，傷勢極重，不宜受寒太久，不該要他掘土埋屍，就算要掘，也該和他一起同掘才是。

想到此處，便掠回原地，卻見李玄衣跟唐肯說了幾句話後，手腕一掣，抽出李鱷淚的翡翠長劍，急刺唐肯！

唐肯的武功遠不及李玄衣，才躲了一劍，便掛了彩，一跤跌在雪地上，李玄衣嘴裡唸唸有詞，便要一劍扎下去。

冷血高叫：「劍下留人！」及時貼地掠至，架開一劍。

李玄衣收劍，劍遙指冷血，道：「不關你的事！」

冷血從未想到向不殺人的李玄衣竟會向唐肯下毒手，怖然道：「你這是爲什麼？」

只見李玄衣臉上，現出一種極悽酸的表情。唐肯在地上大聲道：「他說李惘中是他兒子！他說李惘中是他的兒子！」

冷血訝然道：「你說一定要殺一個人，便是爲了替兒子報仇？」

李玄衣慘笑道：「我只有惘中一個孩子，因不想他步入我的死路，跟我捱貧抵餓，所以交給傅大人物色一個富貴之家培育，傅丞相把惘中交給了李鱷淚撫養，可是，沒想到卻給這小子所殺——我知道我那孩子百般不是，但我只有一個孩子，我非得替他報仇不可！」

冷血挺身攔在唐肯身前，「你的孩子被殺，全因李鱷淚寵壞了他，你應該找李鱷淚問罪，唐肯是無辜的。」

李玄衣沉痛地道：「我知道他是無辜的，但我孩子的命一定要拿他的命來抵償……李鱷淚已經死了，他也得死！」

冷血冷笑道：「我還以爲你處事公正嚴明，原來一旦牽涉私情，便如此是非不分，濫殺好人！」

李玄衣揚劍叱道：「那是因爲你還沒有兒子！我跟他決戰，是武林中的比武決鬥，與國法無涉！」

冷血長嘆道：「我不能讓你們決鬥，因他決不是你的對手！」

李玄衣苦笑道：「我已咳得肺穿胃爛，而且還給一劍斷腸，他要殺我，也很容易！」

冷血也慘笑道：「我也身負重傷，咱們正好天殘地廢，你要與他決戰，不如先決勝於我！」

李玄衣長嘆道：「我不想殺你。」

冷血即道：「那就饒了唐肯罷。」

李玄衣一陣劇烈的咳嗽，咳得他寸腸斷裂似的，好半晌才道：「不！我非殺他不可！」舉劍往唐肯刺去！

冷血將劍一攔，架開一劍。

李玄衣在咳嗽聲中飛躍跳步，越過冷血，追刺唐肯！

冷血滾地出劍，又架住一劍。

黎明前的雪下得更密，寒氣凌人。

李玄衣不住地咳嗽著，彷彿受不住劍上的殺氣和雪意的悽寒。

「你何必苦苦阻攔？」

「你又何必殺一個不相干的人？」

李玄衣長嘆出劍，冷血仍然攔截，李玄衣迴劍反刺，冷血身上掠起一抹血痕！

李玄衣刺傷冷血，是想把他挫一挫，好讓他殺死唐肯，不料這卻逼出了冷血的拚命性情，如虹士氣，他揮劍急攻李玄衣！

李玄衣咳嗽著，反擊。

雪花飄落著。

長街積雪厚。

雪花沾到他們身上，都變成了血花，他們身上的傷口，因爲戰鬥而迸裂，滲出了血。

唐肯見冷血一直攔在他身前，護著他，只聽劍光疾閃，不住有錚然交擊之聲，唐肯呼道：「讓他殺我吧，冷四爺——」

可是冷血匡護不退。

李玄衣的咳嗽之聲更頻更烈了，像一具殘破了的風箱，隨時要擠出最後的一點精氣，便毀坍下去。

李玄衣幾次要越過冷血，擊殺唐肯。

但他衝不破冷血的防線。

要殺唐肯，就得先把冷血擊倒不可。

可是冷血是擊不倒的。

要擊倒冷血，唯一的辦法，就是殺了他。

只是戰得愈久，冷血的生命力、韌力和耐力也全被激發了起來，冷血是愈戰愈勇，儘管他傷口上的血愈流愈多。

李玄衣的武功博大精深，變化萬千，功力遠勝冷血，所以愈打下去，他武功的高妙就愈能發揮。

不過，冷血的拚命打法，就算武功高過他兩三倍的人，也一樣窮以應付。

他們在長巷中交手苦鬥。

雪花紛飛。

天將破曉。

這時，唐肯被逼到樓牆上，冷血攔護著唐肯，背向瓊樓，李玄衣的面卻向著「神威鏢局」的樓閣。

李玄衣忽長嘯一聲，衝天而起。

這一招的攻勢，沛莫能禦，居高臨下，勢不可擋，冷血沒料李玄衣竟施用這種必殺打法，心中閃電般掠過他一慣的狠念：你殺了我，我也殺你，決不讓你殺死唐肯！

冷血怒叱一聲，連人帶劍，飛刺而起！

「噗」地劍自上刺入，穿李玄衣胸膛而出！

李玄衣撲勢不止，掠上閣樓，然而卻沒有向冷血發出那一劍。

李玄衣的劍是往閣樓裡掠刺而去！

冷血在驚震間一瞥：只見閣樓上，關小趣正用一把匕首刺入丁裳衣的背心裡，而李玄衣那一劍也刺入了關小趣的背脊。

一剎那間，丁裳衣倒下，關小趣也倒下，李玄衣也鬆劍倒下，閣樓裡響起了高曉心的一聲尖叫。

所不同的是：李玄衣人還在窗外，所以他是往窗下直挺挺地跌落下去的。

冷血帶著悲痛跌奔而去，抱住李玄衣。

李玄衣胸前露出一截劍尖，望著冷血，眼裡似有千言萬語，但說不出，終於咳了起來。

這一咳，血水不斷湧出，李玄衣也嚥了氣。

冷血抱著李玄衣，恨死了自己！他知道李玄衣想說什麼：他不是要殺冷血，因爲瞥見閣樓上關小趣正向丁裳衣下毒手，不及揚聲，想掠過去制止，但冷血以爲他要全力施爲，便殺了他。

李玄衣始終未殺過一人，今天第一次殺人，卻也身死。

冷血抱著李玄衣的屍首，跪在雪地裡，看著曙色，整個人都呆住了，雪花很快的鋪得他眉鬚皆白。

高曉心這時在閣樓上哭著向掠進來的唐肯說：「小彈弓他……他要趁你們在樓下交手，搶去殮衣和骷髏畫……丁姊不允，他便佯裝放棄……忽然出手，刺了丁姊一刀……」

唐肯枕起丁裳衣的後頸，觸手仍是那麼柔滑，但這樣一個活色生香的美人，鮮紅的血自在胸前汩汩淌流著，不一會，血就要流乾，人也要香消玉殞了。

唐肯知道她是爲什麼而失去生命的。

不是因爲關小趣。

而是因爲關飛渡。

關飛渡的死，她似沒留過一滴淚，但打從那時候開始，她就已經死了，再也不曾活過。

完稿於一九八三年七月六日

苦等申請赴台不獲

邵氏影城會萬梓良、董驃、遇徐少強、蔣金、爾冬陞、鄭佩佩等。

校於一九九〇年九月四日與達明王論命定計

修訂於二〇〇四年九月初

山東電視播出《逆水寒》劇集收視第一

後記

做好這件事情

我的武俠小說在香港有幾種版本，有些版本連我自己都沒有看過，朋友向我提起，我才知道有這回事。朋友有鑑於此，便打算有計畫而有系統地出版我的小說，他們都是熱心人。這些朋友從各方面包括法律途徑來爲我爭取版權利益，以及重新設計，精益求精，爲做好這件事而努力。這使我也十分感動，願意爲做好這件事而盡力。

曾經有大批鑑證專家齊集義大利都靈市，以X光、紫外線、紅外線、及其他光學、化學、電子顯微鏡及其他精密先進的映像儀器，對一塊叫做「都靈裹屍布」進行分析檢驗，甚至動用了世界上最先進的電腦，分析布塊的化學性質，結果發現了不少的血跡，以及殮布上出現「耶穌」的面容，經沖洗底片後，可以隱約看到一個長鬢長髮的男子，五官及輪廓與傳統上的「耶穌」圖像不謀而合。我寫《骷髏畫》的時候，便把這個素材運用了進去。

溫瑞安

其實，《骷髏畫》這故事寫成後的樣子跟我原先的構想是兩回事，不過，寫小說有趣的地方也在於此，往往想的時候是一個樣子，寫的時候又是一個樣子，因爲小說在筆下是活的，情節自生變化，人物也隨而生死明滅，作者的情緒也會變動，只要不犯駁、離譜，脫離原先的構思佈局未必是件壞事。

當年本書台灣萬盛版的後記「流轉」裡，我曾這樣寫到：「《骷髏畫》在撰寫時，正是我面臨重大關頭，所以在文字難免流露出變換的不安……人生就是這樣，在時間無聲的侵蝕下，沒有什麼是不變的。」八五年在台新版出書的時候，已經經歷過幾度柳暗、幾次花明。而今再適逢在台灣推出全新版本，更是幾番叱吒，幾番浮沉，幾番風雲起了。

稿於一九八五年十一月十七日
接待信疆夫婦來港後
校於一九九〇年九月九日
會耀星、耀裕、耀昌
再校於一九九八年八月十四至廿一日
與小靜在恩愛難忘的纏綿歲月
修訂於二〇〇四年九月中
南方台重點宣傳《逆水寒》劇集／各

傳媒網站大讚《逆水寒》為經典劇集

作者通訊處：香港北角郵箱54638號
作者傳真：（852）28115237
（86755）25861868

溫瑞安相關網頁：
WWW.6fun5.com（六分半堂）
WWW.xiaolou.com（神侯府小樓）
WWW.9sun.net（九陽村溫版）
新浪網之溫瑞安網頁

請續看《逆水寒》

【武俠經典新版】四大名捕系列

四大名捕骷髏畫（下）真相

作者：溫瑞安
發行人：陳曉林
出版所：風雲時代出版股份有限公司
地址：10576台北市民生東路五段178號7樓之3
電話：(02) 2756-0949
傳真：(02) 2765-3799
執行主編：劉宇青
美術設計：許惠芳
行銷企劃：林安莉
業務總監：張瑋鳳

初版日期：2021年05月新版一刷
版權授權：溫瑞安
ISBN：978-986-352-938-5
風雲書網：http://www.eastbooks.com.tw
官方部落格：http://eastbooks.pixnet.net/blog
Facebook：http://www.facebook.com/h7560949
E-mail：h7560949@ms15.hinet.net
劃撥帳號：12043291
戶名：風雲時代出版股份有限公司
風雲發行所：33373桃園市龜山區公西村2鄰復興街304巷96號
電話：(03) 318-1378
傳真：(03) 318-1378
法律顧問：永然法律事務所 李永然律師
北辰著作權事務所 蕭雄淋律師
行政院新聞局局版台業字第3595號 營利事業統一編號22759935

定價：270元

國家圖書館出版品預行編目資料

四大名捕骷髏畫（下）／溫瑞安 著. -- 臺北市：風雲時代，2021.02- 冊；公分

ISBN 978-986-352-938-5（下冊：平裝）

1.武俠小說

857.9　　　109019978